Claudette Charbonneau alias Aude wurde 1947 in Montréal geboren und gilt als eine der wichtigsten Figuren der frankokanadischen Literaturszene. Nach dem Studium unterrichtete sie in Québec Kreatives Schreiben und Literaturtheorie. Ihr preisgekrönter Kurzgeschichtenband *Cet imperceptible mouvement* (1997) erschien 1998 auf Englisch (*The Indiscernible Movement*). Nach einer Phase des düsteren Erzählens über Wahnsinn und Tod wandte sie sich mit *L'enfant migrateur* einer hoffnungsfrohen Weltsicht zu. Aude starb 2012 an Leukämie. Sie wurde zur Ehrenpräsidentin des nach ihr benannten Centre Aude d'études sur la nouvelle zur Förderung der Gattung Kurzgeschichte.

Ina Böhme, Jahrgang 1988, studierte Romanische Philologie und Interkulturelle Deutsch-Französische Studien in Marburg, Poitiers, Aix-en-Provence und Tübingen. Nach einigen Jahren in Frankreich lebt sie inzwischen als literarische Übersetzerin und Lektorin in Berlin. 2018 war sie Stipendiatin des Georges-Arthur-Goldschmidt-Programms für junge Literaturübersetzer.

AUDE
DAS WANDERKIND

ROMAN

Aus dem kanadischen Französisch
von Ina Böhme

ALFRED KRÖNER VERLAG STUTTGART

Aude
Das Wanderkind. Roman
Aus dem kanadischen Französisch
von Ina Böhme
Stuttgart: Kröner 2021
ISBN: 978-3-520-61601-2

Wir bedanken uns für die Unterstützung durch
Canada Council for the Arts

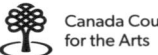

SODEC Québec

Die Übersetzung wurde gefördert durch ein Initiativstipendium
des **Deutschen Übersetzerfonds**.

Umschlaggestaltung Denis Krnjaić
unter Verwendung eines Fotos von Juan Pablo Rodriguez, unsplash.com

Das Werk einschließlich aller seiner Teile ist urheberrechtlich geschützt. Jede Verwendung, die nicht ausdrücklich vom Urheberrechtsgesetz zugelassen ist, bedarf der vorherigen Zustimmung des Verlages. Das gilt insbesondere für Vervielfältigungen, Bearbeitungen, Übersetzungen, Mikroverfilmungen und die Einspeicherung und Verarbeitung in elektronischen Systemen.

© 2021 by Alfred Kröner Verlag Stuttgart
Printed in Germany · Alle Rechte vorbehalten
Gesamtherstellung: Friedrich Pustet Regensburg

Für Denise, meine zu früh verstorbene Schwester
Für Jean-Guy, meinen geliebten Bruder

Er ist ein komisches Kind
Er ist ein Vogel
SAINT-DENYS GARNEAU

ERSTES KAPITEL

Die Krankenhausflure sind bereits von frühmorgendlichen Geräuschen erfüllt. Corinne wäre am liebsten nicht mehr aufgewacht.

Ihre Zimmernachbarin sitzt in einem Sessel und stillt ihr Neugeborenes. Corinne wendet sich ab und schließt die Augen, um die beiden nicht sehen zu müssen.

Jeden Morgen weint sie.

Seit vier Wochen liegt sie in diesem Bett. Am Ende des sechsten Schwangerschaftsmonats hat ihr Hausarzt in der Amnionhöhle des einen Fötus eine Fruchtwasservermehrung festgestellt. Letztes Jahr hat sie eine Fehlgeburt erlitten. Um die Risiken zu mindern, hat der Arzt diesmal entschieden, Corinne ins Krankenhaus einzuweisen.

Vor zwei Wochen hat der Frauenarzt die endgültige Diagnose gestellt: Der Blutaustausch zwischen den Föten sei gestört. Der eine, den man zunächst für bedrohter gehalten habe, sei überraschend gewachsen und habe sich alles einverleibt, während der andere, anfangs kräftigere, langsam verkümmert sei, weil er sein eigenes Blut dem Zwilling übertragen habe. Und man könne nichts tun, um das Gleichgewicht wiederherzustellen.

Ihr Wachstum hat sich so unterschiedlich entwickelt, dass der Größere binnen kürzester Zeit fast den gesamten Platz in Beschlag genommen und seinen Bruder hinter sich versteckt hat. Es ist allmählich sogar schwierig geworden, den Herzschlag des Schwächeren von dem des Stärkeren, dem der Mutter und von den ganzen Aktivitäten der umliegenden Organe zu unterscheiden.

Über Ultraschall und Elektrokardiografie kann man noch nicht beurteilen, ob das kaum hörbare Hintergrundgeräusch von dem hinten liegenden Fötus oder von Corinnes Gebärmutter stammt.

Der Kleinere ist wahrscheinlich tot. Es gibt zwar keine absolute Gewissheit, aber alles deutet darauf hin.

Als Corinne und Pierre diese Nachricht überbracht wurde, haben sie geweint. Als Corinne aber klar geworden ist, dass sie den toten Fötus bis zur Geburt des anderen Babys in sich behalten muss, hat sie geschrien und sich in den Bauch geschlagen. Sie hat sich vorgestellt, dass die kleine Leiche wie ein Ertrunkenes in ihr aufschwemmen und dann ein Verwesungsprozess einsetzen würde.

Stundenlang hat man versucht, sie zu beruhigen und von der Notwendigkeit der krankhaften Einlagerung zu überzeugen.

Als Corinne erfahren hatte, dass sie Zwillinge bekommen würde, war ein idyllisches Bild in ihr herangereift: zwei Babys, ineinander verschlungen in demselben feuchten Kokon, das eine am Daumen des anderen saugend.

An dessen Stelle ist ein entsetzliches Bild getreten: Corinne ist nun das Grab des Kleineren und gleichzeitig die Höhle des jungen Ungeheuers, das seinen Bruder aufgefressen hat.

Sie weiß inzwischen, dass der tote Embryo nicht in ihr aufquillt und verwest. Man hat ihr genau erklärt, was passieren wird. Wann immer Panik in ihr aufsteigt, sagt sie es sich vor: Isoliert in seiner keimfreien Blase, schrumpft der tote Fötus zusammen und wird allmählich zur Mumie. Nach der Austreibung wird er wie ein Lebkuchen aussehen. So hat man es ihr gesagt, mit genau diesen Worten. Und der andere, größere Fötus ist kein Monster. Er leidet. Auch sein Leben ist in Gefahr.

Das Kind regt sich in ihr, als ob es auf sich aufmerksam machen wollte. Sie fühlt jetzt keine Wut und keinen Abscheu mehr, eher ein sonderbares Mitleid mit dem Kind, das nur noch seinen kalten, erstarrten Schatten umarmt. Es muss den entseelten, an ihn geschmiegten Körper seines Bruders spüren.

Corinne legt die Hände behutsam auf den gedehnten Bauch. Es scheint, als würde sie zu dem einsamen Baby sprechen – aber in Wirklichkeit trauert sie, wie das Kind auf der anderen Seite der Scheidewand vielleicht auch.

ZWEITES KAPITEL

Es ist der zweihundertzweiunddreißigste Tag der Schwangerschaft. Die Wehen setzen ein. Corinne hat Angst.

Sie hatte gehofft, betäubt zu werden, wenn der Augenblick gekommen wäre, um nichts von dem Kaiserschnitt mitzubekommen. Beim Aufwachen würde Pierre ihr das Neugeborene in die Arme legen und alles wäre normal. Die letzten Wochen hätte es nie gegeben, nicht einmal die Zwillingsschwangerschaft. Aber die Ärzte sagen, dass eine natürliche Entbindung für den überlebenden Fötus sicherer sei.

Corinne denkt kaum noch an das in ihr gestorbene Kind. Im Beisein der Psychologin, die sie regelmäßig besucht, hat sie mit Pierre eine symbolische Bestattung vollzogen. Das Kind ruht jetzt irgendwo in ihrem Kopf, in einer hübschen, metallenen Keksdose. Sie hat geweint, weil es ihr nicht gelingen wollte, sich etwas anderes als dieses aberwitzige Grab vorzustellen, aber man hat ihr gesagt, es sei sehr gut so.

Das überlebende Kind soll Hans heißen. Pierre hat den Namen vorgeschlagen, er bedeutet: ›Dem Gnade gewährt wurde‹.

Pierre begleitet Corinne, die in den Kreißsaal geschoben wird. Einmal mehr bereut er die gemeinsame Sehnsucht nach einem zweiten Kind, die vor eineinhalb Jahren zu einer Fehlgeburt, dann zum Tod des Zwillings und jetzt in diesen Flur geführt hat, an dessen Ende sich allem Erlebten ein weiteres Gräuel anschließen wird.

Denn anders als Corinne, die man belogen hat, um sie zu beruhigen, hat man Pierre eingeweiht: In einem so späten Stadium und innerhalb so kurzer Zeit ist die kleine Leiche nicht zur Mumie geschrumpft, sondern gegoren.

Pierre stützt sich auf dem Bettrand ab. Er berührt Corinne nicht, die aus seiner feuchten Hand seine Panik lesen könnte.

Corinne wird in einen Raum geschoben, dessen Decke weniger besänftigend wirkt als die Decke im

Flur. Sie überlegt, was sie dort oben zählen könnte, um ihre Angst zu lindern – doch ehe sie etwas findet, um sich gedanklich daran festzuhalten, spürt sie, wie ihr etwas Warmes die Oberschenkel hinabfließt.

Nur Hans' Fruchtblase ist geplatzt. Das lässt die weißlich schimmernde Flüssigkeit erkennen.

Trotz ihrer Angst hat Corinne die Presswehen fest unter Kontrolle und übt ausreichend Druck aus, wie in den letzten Tagen trainiert, damit Hans sich befreien kann, ohne dass die andere Blase platzt. Eine Hebamme leitet sie an.

Pierre sitzt auf einem Stuhl dicht neben ihr. Er atmet und presst mit, wie bei Alexandras Geburt, obwohl diesmal alles anders ist. Ein breites Tuch vor Corinnes Brust versperrt den Blick auf das, was weiter unten vor sich geht. Sie sehen nichts von der anderen Seite, nicht einmal die Gesichter der Ärzte und Schwestern. Nur ihre Stimmen dringen wie aus einer Traumwelt zu ihnen vor.

Obwohl die Ärzte eine schwere Geburt erwartet haben, gleitet Hans sturzartig aus ihr heraus und zerreißt mit seinem Schrei die Luft.

Corinne und Pierre können ihr Kind nur kurz berühren, ehe es rasch neben ihnen in den Brutkasten gelegt wird. Das Wesen, prall und rosig, scheint vor Gesundheit zu strotzen, ist jedoch unter seiner Schwellung eine kaum zwei Kilogramm leichte Frühgeburt. Am liebsten würde Corinne es an ihre Brust legen, streicheln, mit ihm sprechen. Für sie ist die Geburt beendet. Das Kind ist da, wohlbehalten. Sogar der erste, zornig klingende Schrei ist ein gutes Omen.

Pierre dagegen kann sich nicht wirklich freuen.

Nicht einmal fünf Minuten später setzen die Wehen von selbst wieder ein und überraschen Corinne. Obwohl man ihr gesagt hat, dass die Nachgeburt mit den Überresten des Kleineren unmittelbar nach Hans kommen würde.

Die Wehen sind bald so stark wie die vorherigen. Aber diesmal will Corinne einfach nichts gelingen. Das Pressen fällt ihr schwer. Sie kann die Atmung nicht kontrollieren. Die Hebamme versucht vergeblich, sie in den Rhythmus zurückzubringen.

Das Kind, von dem sie bereits Abschied genommen hat, soll sie jetzt wieder aus seinem Grab holen, und der unbeschreibliche Schmerz flammt erneut in ihr auf. Das Pressen fällt ihr schwer, weil sie ihr Kleines behalten möchte. Sie will, dass es auf ewig in ihr ruht. Unbewusst versucht sie, sich den Kräften zu widersetzen, die ihr das Kind zum zweiten Mal entreißen wollen.

Pierre sieht Corinne unverwandt an. Weder atmet, noch presst er gemeinsam mit ihr. Er ist sich sicher, dass sie verlangen wird, das mumifizierte Kind zu sehen – das winzige Lebkuchenmännchen, das in ihrem Kopf in einer Keksdose liegt, trocken und sauber. Er dagegen weiß, wie der Fötus am Ende aussehen wird. Es wäre ihm lieber, wenn Corinne in dieser Phase betäubt würde, damit sie ihre harmlose Vorstellung vom kleinen Hingeschiedenen für immer behielte und von der grausamen Wahrheit nichts erführe. Mit einem Mal platzt die Fruchtblase.

Entgegen aller Erwartungen ist die austretende Flüssigkeit durchsichtig und rein, wenn auch deutlich spärlicher als bei Hans.

Ein paar Sekunden später wird der Kleine mühelos geboren.

Sofort ertönt ein Raunen hinter dem dünnen Tuch.

Corinne und Pierre halten den Atem an. Auf der anderen Seite des Vorhangs ist etwas passiert, aber sie sind nicht sicher, ob sie davon erfahren möchten.

Plötzlich ist die Aufregung groß.

Eilends wird Hans' Brutkasten geöffnet und das kleine Ding an die Seite seines Bruders gelegt, der augenblicklich zu weinen aufhört.

Das Geschöpf ist so winzig, dass es mehr an ein Vögelchen als an ein Menschenkind erinnert. Es gibt auch nur ein schwaches Piepsen von sich.

Seine Gesichtszüge sind außergewöhnlich fein.

Bei jedem Atemzug hebt sich sein Bauch, um dann abrupt wieder zusammenzusinken. Manchmal setzt sein Atem aus. Und dann wieder ein, wie durch ein Wunder. Heftige Bewegungen durchzucken die zierlichen Glieder.

Unter der durchscheinenden Haut fließt bläulich das Leben.

DRITTES KAPITEL

Nur das Rascheln der Seiten ist zu hören, manchmal ein Flüstern oder ein Glucksen. Die Kinder im Klassenzimmer lesen. Manche haben sich Hals über Kopf in ein selbst ausgesuchtes Buch gestürzt und sind schnell darin versunken, andere können sich nur zögerlich vom Unterricht lösen, von den Schulkameraden, den alltäglichen Geräuschen und Gedanken, um sich woanders, in einer fremden Welt wiederzufinden.

Diese Viertelstunde des Tages ist Audrey die liebste. Ein willkommener Moment nicht zuletzt, weil sie dann wunderbar den Kleinen beobachten kann. Sie hat ihm einen Platz ganz in ihrer Nähe, im vorderen Teil des Raumes, zugewiesen, weil zu vermuten stand, dass er stark auf die Trennung von seinem Bruder reagieren würde. Das erste Schuljahr hatten die Zwillinge gemeinsam verbracht.

Der Kleine ist überhaupt nicht so, wie er ihr beschrieben wurde. Er wirkt zwar langsamer als die anderen und spricht nicht viel, doch das hat nichts mit einer geistigen Behinderung zu tun. Da ist sich Audrey sicher.

Es wirkt so, als würde es dem Kind genügen, zu sein, und alles andere ihm überflüssig erscheinen.

Letztes Jahr hat der Kleine nicht wie die Anderen Lesen, Schreiben und Rechnen gelernt. Als ob es den Zwillingen ausreichen würde, wenn Hans all dies kann. Wenn man dem Kleinen eine Frage gestellt hat, hat er sich oft zu seinem Bruder umgedreht, der daraufhin für ihn geantwortet hat. Das hat sich von selbst verstanden. Wenn man Hans zu erklären versucht hat, dass sein Verhalten den Kleinen davon abhält, sich auszudrücken und zu entwickeln, hat dieser ruhig, aber unmissverständlich entgegnet:

»Lassen Sie ihn in Ruhe.«

Während die anderen Kinder ein Diktat geschrieben oder Wörter und Zahlen geübt haben, hat der Kleine sich bemüht, »Hans« in sein Heft zu schreiben und den gepriesenen Namen mit Vögelchen, Bäumen, Blumen, Girlanden und Luftballons zu umranden. Das war zwar hübsch, aber sein früherer Lehrer hat geglaubt, dies sei alles, wozu der Kleine fähig sei. Monatelang hat er vergeblich versucht, ihn etwas anderes tun zu lassen.

Schon am Anfang des zweiten Schuljahrs hat Audrey bemerkt, dass der Kleine genauso lesen, schreiben und rechnen kann wie die anderen Kinder, obwohl ihm das niemand zugetraut hat und er gemeinhin auch nichts davon zu erkennen gibt.

Audrey wurde gesagt, der Kleine habe von seiner Frühgeburt und dem unausgewogenen Blutaustausch im Bauch seiner Mutter einen Schaden davongetragen. Da er nicht stört und nicht zu weit von seinem Bruder entfernt sein soll, wird er in der Schule geduldet.

Audrey dagegen glaubt, dass der Kleine ebenso schnell lernt wie die anderen Kinder, wenn nicht sogar schneller – dass er nur keine Notwendigkeit sieht, sein Können unter Beweis zu stellen. Er nutzt seine Fähigkeiten, wann und wie es ihm beliebt, was seine scheinbaren Macken erklärt. Er macht den

Eindruck, als habe er nicht wie seine Klassenkameraden das Bedürfnis, seine Lehrerin zu beeindrucken – dabei ist er derjenige, der sie am meisten beeindruckt – oder den Wünschen seiner Eltern zu entsprechen.

Gerade hat der Kleine zu ihr aufgesehen, was oft passiert, wenn sie ihn beobachtet und über ihn nachdenkt. Sein Blick unterscheidet sich von dem aller anderen Kinder. Er ist klarer, durchdringender.

Hans hat die gleichen Augen, wie ihr immer wieder auffällt, wenn die Zwillinge sich in den Pausen zusammenfinden. Aber ihr Blick ist nicht der gleiche. Der von Hans ist spöttisch und scheu. Wie bei einem jungen wilden Tier.

Hans und der Kleine sind sieben Jahre alt. Abgesehen von ihrer Größe sehen sie vollkommen identisch aus. Der Kleine könnte eineinhalb Jahre jünger sein als Hans, ohne allerdings jünger zu wirken. Ein Schüler aus der dritten Klasse hat den Kleinen einmal »Miniaturmodell« genannt. Hans hat nach der Schule auf ihn gewartet und seitdem hat sich niemand mehr über seinen Bruder lustig gemacht.

Auf der Klassenliste ist der Kleine unter dem Namen Benoît Fortier verzeichnet. Allerdings hat er noch nie auf diesen Namen gehört und keiner nennt ihn mehr so. Im ersten Schulhalbjahr hat der Rektor darauf bestanden, dass der Kleine bei seinem Namen genannt wird, statt ihn über den Vergleich mit seinem Bruder zu definieren. Das sollte ihm helfen, eine eigene Identität zu finden.

Eigentlich war der Kleine auf den Namen Benoît getauft worden, um wohlbehütet eine Reise antreten zu können, die nie stattgefunden hat.

Seine ersten Tage waren aufgrund einer Herzschwäche und großer Atemnot so kritisch gewesen, dass man einmal mehr gedacht hatte, der Kleine würde sterben. Der Seelsorger im Krankenhaus hatte angeregt, ihn möglichst bald zu taufen, um ihm den Limbus zu ersparen.

Corinne und Pierre glauben nicht an Himmel und Hölle. Aber das scheinbar harmlose Wort – *Limbus* – hatte sie verunsichert. Ein leerer Begriff, wie ein bodenloser Brunnen, in den der Kleine auf ewig zu fallen drohte.

Am nächsten Tag war das schwächliche, kränkliche Baby getauft worden. Während der kurzen Zeremonie hatte der Priester wissen wollen, welchen Namen Corinne und Pierre für das Kind ausgesucht hätten. Pierre hatte darauf gesagt:

»Wir haben ihn immer den ›Kleinen‹ genannt.«

Dies sei kein Vorname, hatte der Priester erwidert und den Tagesheiligen Benoît vorgeschlagen, ›Der von Gott Gesegnete‹, um der kleinen Seele den Weg ins Jenseits zu weisen.

Aber der Kleine war auch dieses Mal nicht gestorben, allen Prophezeiungen zum Trotz. Alle nennen ihn immer noch den Kleinen. Und wenn man ihn nach seinem Namen fragt, antwortet er:

»Der Kleine.«

VIERTES KAPITEL

Hans hat den holzigen Geruch des Kleinen in der Nase. Er ist als Einziger in der Lage, den zarten Duft, den sein Zwilling verströmt, schon von Weitem zu riechen. Ohne seinen Bruder sehen zu müssen, weiß Hans, dass er da ist, irgendwo versteckt, vollkommen regungslos, vermutlich im Flur nahe der halb offenen Tür oder im Wandschrank. Der Kleine versteckt sich häufig auf diese Weise, um Hans zu beobachten, wie andere einen Vogel beobachten würden.

Hans sitzt auf seinem Bett und tut so, als ob er sich unbeobachtet fühlt, aber nichts ist mehr wie vorher, weil sich jetzt alles vor den Augen des Kleinen abspielt. Vor ihm steht Ticopin, der große, schwarze Pudel. Hans flüstert:

»Turnschuhe!«

Aufgeregt durchsucht der Hund das Kinderzimmer. Unter einem Berg Decken, Kleidern und Schulheften, die Hans absichtlich aufgetürmt hat, findet er die Stoffschuhe und bringt sie seinem Herrchen.

Es folgt eine Reihe kurzer Kommandos, die Ticopin ausführen soll.

»Licht!«

Der Hund bewegt sich in Richtung Zimmertür und legt mit der Schnauze den Schalter um.

»Teppich!«

Ticopin drückt sich sofort flach auf den Boden, als ob er eine Fußmatte wäre.

»Der Kleine!«

Mit lautem Gekläffe stürzt der Pudel in den Flur. Seine Krallen schrammen über den Dielenboden. Immer wieder rutscht er aus.

Vor vier Jahren ist Ticopin in die Familie gekommen, an einem verregneten Abend im Oktober. Der Tag hatte ganz im Zeichen des Wartens gestanden. Hans hatte sich auf nichts anderes konzentrieren können. Nervös war er hin- und hergeeilt, ohne sich beruhigen zu können. Gegen fünfzehn Uhr hatte Corinne ihn zum Ausruhen in sein Zimmer geschickt.

Alexandra war den ganzen Weg von der Schule nach Hause gerannt, voller Angst, sie könnte die Ankunft des Welpen verpassen und von den beiden Jungen, die ihr bereits alles genommen hatten, ausgeschlossen werden.

Der Kleine war Hans wie üblich auf ihr Zimmer gefolgt, um seinem Bruder beizustehen, der schier überquoll vor Ungeduld und Vorfreude.

Beim Abendessen hatte niemand Appetit verspürt. In Anbetracht der baldigen Ankunft des Welpen war ihnen alles andere fad erschienen.

Zwei Monate zuvor hatte Pierre den kleinen Pudel aus einem Wurf ausgesucht und für sie reserviert. Corinne und die Kinder hatten ihn bislang nur auf einem Foto gesehen, das am Kühlschrank hing. Ohne die anderen um ihre Meinung zu fragen, hatte Hans dem Hund seinen Namen gegeben. Sie hatten ihn gewähren lassen.

Als der Kombi endlich auf der von Lärchen gesäumten Allee aufgetaucht war, waren Hans und der Kleine schon seit fast einer Stunde draußen gewesen. Obwohl der Wind ihnen den eisigen Regen ins Gesicht geblasen hatte, hatten sie in der großen Schaukel auf der Terrasse ausgeharrt, die Hans immer wieder heftig in Schwung versetzt hatte.

Die Stirn gegen das Wohnzimmerfenster gelehnt, hatte Alexandra still vor sich hin geweint, weil sie inzwischen nicht mehr daran zweifelte, dass dieser Hund niemals ihr gehören würde – oder auch nur der Familie. Corinne hatte sich ihrer Tochter zugewandt und ihr sanft übers Haar gestrichen, aber keine tröstenden Worte über die Lippen gebracht. Das wäre verlogen, mindestens aber nicht ehrlich gewesen. Lieber hatte sie geschwiegen.

Corinne hatte zuerst gar keinen Hund gewollt. Aber die Argumente des Psychologen, den Pierre und sie schließlich mit den Zwillingen aufgesucht hatten, hatten sie umgestimmt. Der Kleine war gegenüber seinem Bruder so unterwürfig, dass er anscheinend kein eigenständiges Leben führte. Außerdem war seine Sprachentwicklung deutlich verzögert. Der Psychologe hatte gemeint, dass ein Haustier vielleicht Hans' Aufmerksamkeit binden und es ihm ermöglichen würde, sich von seinem Bruder zu lösen. Denn anders als Corinne und Pierre immer geglaubt hatten, sei Hans der Abhängigere der beiden, der sich an den Zwilling klammere, um zu überleben, so der Experte.

Hans war johlend in Richtung Wagen gestürmt. Der Kleine war seinem Bruder ein Stück weit gefolgt, alle Aufmerksamkeit auf Hans' Gesten und Worte und Taten gerichtet, als ob er nur zusehen müsste, was der andere tat und sagte, um das Gefühl zu haben, selbst auch getan und gesagt zu haben.

Sobald die Wagentür aufgesprungen war, hatte Hans den Welpen auf den Arm genommen und mit Küssen und zärtlichen Worten überhäuft.

Im selben Moment hatte der Kleine sich vom Ort des Geschehens abgewandt, war in Richtung Apfelbaum umgeschwenkt und in dem schweren, feuchten Schnee stehen geblieben, der mittlerweile vom Himmel gefallen war.

Bei diesem Anblick hatte Corinne plötzlich bereut, den Rat des Psychologen befolgt zu haben, der ja eigentlich gar nicht wusste, was hier wirklich vor sich ging.

Vielleicht würde der Kleine mit Ticopins Ankunft auch den winzigkleinen Platz verlieren, den Hans ihm gerade noch zugestand – wie sie alle vor vier Jahren gewissermaßen ihren Platz verloren hatten, als Hans auf die Welt gekommen war, rund und rosig, satt vom Lebenssaft seines Bruders.

Aber der Kleine, mit dem Rücken zu Hans, hatte aus der Ferne dessen Geplauder mit dem vergnügt kläffenden Hund gelauscht, und gelächelt.

FÜNFTES KAPITEL

Corinne hat sich nie getraut, den Kleinen »mein Spatz« zu nennen. Alexandra und Hans hat sie früher instinktiv so genannt, wie die meisten Mütter ihre Kinder bei ihren Kosenamen nennen. Insgeheim würde sie den Kleinen auch heute noch am liebsten »mein Spatz« nennen, obwohl er schon neun Jahre alt ist.

Das Kind fasziniert sie, doch es entgleitet ihr immer wieder, wie einem Wasser durch die Finger rinnt.

Lange Zeit, mit Beginn des Zwillingsbandes, das ihr so zuwider ist, hatte sie das Gefühl, dass Hans ihr den Kleinen wegnimmt. Dabei geht es um etwas viel Subtileres, das sie zwar nicht durchdringt, aber allmählich zu respektieren lernt.

Sie beobachtet den Kleinen von Weitem. Er sitzt an den Schuppen gelehnt im Gras. Ein Streifenhörnchen klettert ihm zuerst auf die Hand, dann auf den Arm, die Schulter und den Kopf, auf dem eine Erdnuss liegt. Reglos und mit geschlossenen Augen kichert der Kleine in sich hinein.

Er ist allein. Hans ist mit Pierre einkaufen gegangen.

Bis zu ihrem vierten Lebensjahr waren die Zwillinge nie richtig voneinander getrennt: Jeder Versuch hat bei Hans solche Wutanfälle ausgelöst, dass der Kleine zu ihm zurückgebracht werden musste.

Während dieser Wutanfälle hat Hans weder geweint noch auf den Boden gestampft. Zuerst hat er mit der Stirn heftig gegen irgendetwas Hartes in seiner Nähe geschlagen, Wand, Tür, Autoscheibe, Stuhllehne oder Baum. Ohne zu schreien, ohne einen Mucks. Dann hat er sich einfach auf den Boden geworfen und nicht nur Essen und Trinken, sondern auch jede Bewegung verweigert, und sei es, um auf die Toilette zu gehen, solange er seinen Bruder nicht zurückbekam.

Wenn der Kleine von seinem Zwilling getrennt wurde, hat er nicht so spektakulär reagiert, sondern die Ohren gespitzt und sich auf die Lauer gelegt, als ob er aus der Ferne Hans' Herzschlag lauschen wollte.

Zwei Tage nach ihrer Geburt, der Kleine war noch mit Sonden und Kathetern übersät, hatte der Kinderarzt befunden, dass zwei verschiedene, aber dicht nebeneinander liegende Brutkästen günstiger für die Zwillinge wären. Nach der Trennung waren kaum ein paar Stunden vergangen, da war Hans, der bislang eher kräftig gewesen war, matt und müde geworden, bis auch er Atemprobleme bekommen hatte. Mit dem Kleinen war es genauso schnell bergab gegangen, wobei man in seinem Fall gedacht hatte, dies liege in der Natur der Dinge. Kaum waren sie wieder Seite an Seite gelegen, waren beide wieder zu Kräften gekommen.

Hans hätte das Krankenhaus zwei Monate vor dem Kleinen verlassen können. Corinne und Pierre hatten zweimal versucht, ihn nach Hause zu holen, und jedes Mal war das Gleiche passiert: Nach drei Tagen hatten sie Hans in die Notaufnahme bringen müssen. Für die restliche Zeit im Brutkasten hatte der Kinderarzt ein kleines Doppelbett den jeweiligen Bedürfnissen der Zwillinge anpassen lassen.

Zu Hause hatten sie so lange im selben Bett geschlafen, bis der Psychologe dazu geraten hatte, jedem sein eigenes Zimmer zu geben, sein eigenes Universum.

Hans und der Kleine waren dreieinhalb Jahre alt gewesen. Mit großem Interesse und voller Neugierde hatten sie dabei zugesehen, wie ihre Zimmer eingerichtet wurden. Bisher hatten sie sich alles geteilt: Spielzeug, Kuscheltiere, Bücher, Poster, CDs, Strümpfe, Pullover. Nur einige wenige Kleidungsstücke waren den Zwillingen je eigen gewesen, aus dem einfachen Grund, dass sie unterschiedlich groß waren. Der neuen Strategie zufolge sollte jeder seine persönlichen Sachen haben, die zudem deutlich unterscheidbar sein sollten.

Damit die Kinder sich langsam an die Veränderung gewöhnen konnten, hatten sie sie auf sieben Tage ausgedehnt und mit einem Gespräch begleitet. In dieser Woche hatten Hans und der Kleine das Interesse an allem verloren, was sie normalerweise beschäftigte, um stattdessen aufmerksam die Vorgänge um sich herum zu verfolgen. Scheinbar ohne jeden Anflug von Protest. Corinne und Pierre hatten deshalb gedacht, dass sie das Spiel gewonnen hätten.

Eines Abends war dann das neue Einschlafritual in getrennten Zimmern vollzogen worden. Die Zwillinge hatten sich auf dem Flur einen Gutenachtkuss gegeben, ehe Hans von Pierre in das eine und der Kleine von Corinne in das andere Zimmer, direkt nebenan, begleitet worden war. Sie hatten vierstimmig das Lied über die heia machenden Küken gesungen und einander süße Träume gewünscht. Die Nachtlichter waren ein- und die Deckenlampen ausgeschaltet worden.

Erleichtert hatten sich Corinne und Pierre auf dem Flur getroffen.

Auf dem Treppenabsatz hatte Alexandra gesessen und alles belauscht. Sie hatte sich über die Trennung gefreut. Seit die Zwillinge auf der Welt waren, hatten sie ihr nicht nur die Eltern weggenommen, sondern sie auch konsequent aus ihrer selbstgenügsamen

Zweisamkeit ausgeschlossen. Obwohl sie die Ältere war, hatten sie nie ihre Hilfe oder ihren Rat angenommen. Geschweige denn, dass sie sie hätten mitspielen oder ihr gemeinsames Reich betreten lassen.

Im Grunde hasste sie Hans. Dem Kleinen würde sie gern näherkommen, wäre gern mit ihm befreundet, obwohl er vier Jahre jünger war. Jetzt, da es getrennte Zimmer gab, hatte sie vielleicht eine Chance.

Seit der Ankunft der »Monster«, wie sie die Zwillinge oft nannte, hatte Alexandra kaum noch gelacht. An diesem Abend aber hatte Corinne gespürt, dass ihre Tochter guter Dinge war. Die Vorkehrungen, die getroffen worden waren, um die Zwillinge selbständiger zu machen, würden ihr womöglich mehr helfen als alles andere, was Corinne und Pierre bislang versucht hatten, um ihren Schmerz zu lindern.

Doch als Corinne und Pierre gegen Mitternacht einen letzten Blick auf die Zwillinge hatten werfen wollen, waren beide im Bett des Kleinen gelegen.

Von da an war ein stiller Kampf entbrannt, der sich über mehrere Monate erstreckt hatte. Bevor Corinne und Pierre selbst ins Bett gegangen waren, hatten sie den schlummernden Hans in sein Zimmer zurückgetragen. Aber sobald die Eltern eingeschlafen waren, hatte sich der Kleine zu Hans geschlichen. Mitten in der Nacht wurde er in sein Bett zurückgetragen.

Doch noch vor Sonnenaufgang war Hans wieder bei dem Kleinen gewesen.

Auch Gegenstände waren von dem einen ins andere Zimmer gewandert. Eines Morgens hatten sämtliche Kleidungsstücke in Hans' Schubladen und alle Schuhe im Schrank des Kleinen gelegen. Und so weiter.

Am Ende hatte Pierre die Wand zwischen den Zimmern eingerissen.

Die Zwillinge sind neun Jahre alt. Manchmal schlafen sie noch im selben Bett. Aber nicht immer.

Corinne würde gern wissen, welcher von beiden entscheidet, ob sie heute Nacht getrennt oder gemeinsam schlafen.

SECHSTES KAPITEL

Hans bringt ein kaum hörbares »Mmmm« hervor, indem er die Vibration in der Nase eine Weile ausdehnt, ohne am Ende die Lippen zu öffnen, um den Laut auszustoßen.

Langsam nähert sich der Kleine seinem Bruder, ohne etwas zu sagen und sogar ohne ihn anzusehen.

Am frühen Nachmittag sind die Cousins und Cousinen gekommen. In der alten Scheune des Nachbarn haben sie miteinander gespielt, gebadet, sich gebalgt.

Am Lagerfeuer ist es allmählich ruhiger geworden. Eine wohlige Mattigkeit hat von den Kindern Besitz ergriffen, als ob eine große Anspannung von ihnen abgefallen wäre. Gleichzeitig wurde Hans von dem Gefühl der Leere und der Einsamkeit übermannt, das ihm solche Angst macht. Das Gefühl ist da, und Hans weiß, dass er damit nicht allein ist. Er spürt es unablässig bei Alexandra.

Aber nie bei dem Kleinen.

Ein »Mmmm« hat genügt, um den Bruder herbeizurufen und an seinem stillen Glück teilzuhaben.

Seit ihrem ersten Brabbeln hat Hans für sich und den Kleinen eine eigene Sprache entwickelt und mit der Zeit perfektioniert. »Für unsere internen Angelegenheiten«, wie er sich ausdrückt. Es handelt sich um einen umfangreichen, vielschichtigen Code.

Hans braucht auch unzählige Laute, Wörter und Bilder, um all die obskuren Gedanken zu erfassen, die in seinem Kopf herumschwirren, die ihn verstören – und die niemand je wirklich anspricht. Zwar hat man ihm beigebracht, wie man die Pflanzen, die Tiere, die Körperteile, die Länder, ja sogar die Sterne bezeichnet, aber nicht das, was ihn umtreibt und so flüchtig ist wie ein Duft.

Hans hebt den Kopf und wendet den Blick leicht nach rechts. Auf der anderen Seite des Feuers sitzt Alexandra und beobachtet ihn. Er weiß, dass sie den geheimen Ruf trotz des Trubels gehört und die Reaktion des Kleinen gesehen hat. Und er weiß auch, dass ihr das wehtut.

Lange Zeit hat er sich ihr überlegen gefühlt, weil er zweisam war und allen außer sich und dem Kleinen jegliche Gefühle abgesprochen hatte. Als ob alle anderen nur große, leere Schalen wären. Aber vor ein paar Monaten hat er einen Blick erhascht auf Alexandras innere Welt, die sie so gut vor ihnen verbarg.

Seit Hans als Baby in die Familie gekommen war, hatte er Alexandra als Bedrohung empfunden. Hartnäckig hatte sie versucht, sich in das Leben der Brüder einzumischen, sich zwischen sie zu drängen, die beiden ihr und den anderen gleich zu machen. Hans hatte schnell eine dicke Mauer um sich und seinen Zwilling errichtet.

Kaum hatte Alexandra sich hingesetzt, um Hans unter Aufsicht der Eltern zu halten, hatte er sie angespuckt. Wenn man ihr stattdessen den Kleinen in die Arme hatte legen wollen, hatte Hans geschrien, bis man seinen Bruder zu ihm in die Wiege oder den Laufstall zurückgebracht hatte.

Später hatte Hans seiner Schwester nicht nur den Zutritt zu ihrem heiligen Reich, sondern auch beinahe jede mündliche Kontaktaufnahme verweigert.

Zuerst war Alexandra ein weinerliches Kind geworden, das bei der geringsten Zurückweisung durch Hans in die Arme der Mutter geflüchtet war. Mit der Zeit hatte sie aufgehört zu weinen und sich abgekapselt, jeder weiteren Versuchung widerstehend, sich den kleinen Brüdern anzunähern.

Hans hat die Gefahr gebannt, die Alexandra für sie darstellte. Er hat keine Angst mehr vor ihr.

Obwohl sie die Ältere war, hatte er sie zu seinem Fußabtreter machen wollen, um seinen Triumph zu besiegeln. Doch entgegen seinen Hoffnungen hatte sie sich nicht beirren lassen, keinen Angriff erwidert, sich keiner sarkastischen Bemerkung gebeugt, ja einfach nicht darauf reagiert. Manchmal waren ihr die Tränen in die Augen gestiegen, aber mehr nicht.

Enttäuscht hatte Hans ein paar Wochen lang versucht, den Kleinen in seine Machenschaften gegen die Schwester hineinzuziehen, um mehr Wirkung zu erzielen. Aber der Kleine hatte nicht mitspielen wollen, und Alexandra hatte mehrmals Hans' Unmut bemerkt, wenn der Kleine sich gesträubt hatte, sich den Attacken anzuschließen.

Verzweifelt hatte Hans eines Tages beschlossen, einen großen Coup zu landen.

Seit ihrem Rückzug hatte Alexandra angefangen, emsig in kleine Hefte zu schreiben, die sie sorgsam in ihrem Zimmer versteckt hielt, in den abschließbaren Schubladen des alten Sekretärs. An einem Samstagmorgen, Alexandra war beim Klavierunterricht, hatte Hans das Schloss einer Schublade aufgebrochen und zwei Hefte entwendet.

Dann hatte er den Kleinen unter die Eiche am Fluss geschleift und dort mit vor Ironie triefender Stimme aus dem Tagebuch ihrer Schwester vorgelesen. Er hatte seinen Bruder dazu bringen wollen, zusammen mit ihm in Alexandras Innerstes einzudringen. Aber nach wenigen Seiten hatte der Kleine angefangen leise zu weinen, und auch Hans war das Lachen schnell im Hals stecken geblieben.

Wovor er solche Angst hat – vor der schrecklichen Einsamkeit, der gähnenden Leere, die nur der Kleine ausfüllen kann –, Alexandra kennt das Gefühl nicht nur genauso gut, sondern sogar noch besser als er. Hans spürt immer deutlicher, dass er eines Tages, wenn sein Bruder sterben sollte, genauso allein sein wird wie sie.

Der Kleine ist oft krank. Lange Zeit hat sich Hans nicht die geringsten Sorgen um ihn gemacht. Als ob der Kleine einfach die Krankheiten beider Zwillinge auf sich nehmen würde. Hans hat sich im Gegenzug um die ›Öffentlichkeitsarbeit‹ gekümmert. In letzter Zeit ist er sich allerdings der Risiken bewusster, denen der Kleine durch diese Art der Arbeitsteilung ausgesetzt ist.

Statt morgens seine Vitaminpillen zu nehmen, lässt Hans sie jetzt heimlich in die Hosentasche gleiten. Später gibt er sie dem Kleinen, der schon seine eigenen Pillen geschluckt hat. Er achtet darauf, dass sein Zwilling nicht friert, genug isst, sich häufig die Hände wäscht und nicht zu nah an verschnupfte oder anderweitig ansteckende Kinder herankommt.

Die übertriebene Aufmerksamkeit, die sein Bruder ihm widmet, bringt den Kleinen manchmal zum Lachen, doch er lässt ihn gewähren. Er weiß genau, dass sie einer furchtbaren Angst entspringt, die Hans sich nur zögerlich einzugestehen wagt.

Statt Alexandra verächtlich anzusehen, was er vor der Lektüre ihrer Hefte getan hätte, senkt Hans den Blick zum Feuer.

Zwei Cousins bringen noch die Kraft auf, ein paar Witze zu reißen, doch Hans kann nicht mehr darüber lachen.

Manchmal wäre er Alexandra gern näher, wie auch jetzt gerade, um ihr etwas von der Wärme abzugeben, die der Kleine ihm schenkt. Doch er befürchtet, sich lächerlich zu machen, weil er noch nie einen Versuch in diese Richtung gewagt hat. Außerdem ist der Abgrund in Alexandra so tief, dass er Angst hat, hineinzufallen.

Kaum merklich schmiegt Hans sein Bein an das seines Bruders.

SIEBTES KAPITEL

Hans steckt die Schlüsselkarte in das elektronische Türschloss und drückt die Klinke herunter, an die er das kleine Schild mit der Aufschrift *Bitte nicht stören* gehängt hat.

Bereits seit drei Jahren nimmt Pierre, wenn er geschäftlich in der Stadt übernachten muss, abwechselnd einen der Jungen mit. Nach Feierabend sehen sie sich gemeinsam Theaterstücke an, besuchen Ausstellungen oder Sportveranstaltungen. Oder sie setzen sich einfach auf eine Parkbank und füttern die Vögel. Die Geschmäcker der Zwillinge sind verschieden.

Als Pierre den Zwillingen zum ersten Mal vorgeschlagen hat, ihn einzeln zu begleiten, hat Hans ihm eine scharfe Abfuhr erteilt. Zu seinem Erstaunen hat sein Bruder jedoch ohne Umschweife eingewilligt.

In der Nacht vor ihrer Abreise ist Hans allein in seinem Bett geblieben, als ob er seinen Zwilling bestrafen wollte. Doch die Angst war so erdrückend, dass er nicht schlafen konnte.

Später ist der Kleine zu ihm gekommen und hat sich an ihn gekuschelt, bis Hans schließlich eingeschlafen ist. Er hatte Albträume. Nach dem Aufwachen konnte er sich nur an ein furchtbar schrilles Geräusch erinnern, wie das Kreischen der riesigen Kettensäge, mit der sein Vater und seine Onkel die große Linde gefällt haben, in die der Blitz gefahren war.

Am nächsten Morgen hat Hans zugesehen, wie der Kleine mit Pierre das Haus verlassen hat, ohne ihn.

Das nächste Mal, als Pierre ihn mitnehmen wollte, ist Hans sofort auf das Angebot eingegangen. Er hat allerdings darauf bestanden, Ticopin mitzunehmen. Da Pierre absolut dagegen war, hat Hans sich aber letztendlich gefügt.

Pierre hat etwas gefunden, das Hans während der kurzen Trennungen von seinem Zwilling beruhigt. Tatsächlich hat ihn der Kleine auf diese Spur gebracht.

Beim Betreten der Hotellobby hat Pierre zum ersten Mal bemerkt, dass der Kleine traurig war. Im Fahrstuhl zu ihrem Zimmer hat er versucht, ihn von seinem Kummer abzulenken. Pierre hatte Angst vor dieser Traurigkeit, genauso wie Corinne zu Hause Hans' Reaktion fürchtete. Natürlich waren die Zwillinge schon einmal getrennt gewesen, nicht zuletzt während der Krankenhausaufenthalte des Kleinen, aber nie zuvor auf Initiative eines der Jungen, ›einfach so‹.

Sobald sie ihr Zimmer erreicht hatten, hat sich der Kleine auf die Bettkante gesetzt. Pierre hat den Fernseher eingeschaltet, aber nirgendwo lief ein Zeichentrickfilm, und so hat er das Gerät wieder ausgeschaltet.

Pierre bereute es jetzt beinahe, den Zwillingen einen solchen Vorschlag gemacht zu haben. Die Zusage des Kleinen hatte ihn genauso überrascht wie Hans. Nun stand er da, in diesem Hotelzimmer, und wusste nicht recht, was er mit dem traurigen Kind anstellen sollte, das wider Erwarten beschlossen hatte, getrennt von seinem Bruder bei seinem Vater zu sein.

Es war ein Wunder, dass der Kleine hier saß, mit ihm ganz allein. Pierre hätte sich gern darüber gefreut, spürte aber nur eine gewisse Panik im Angesicht des kleinen Jungen, der jetzt still vor sich hinweinte, was er immer wieder ohne offensichtlichen Grund tat.

In solchen Momenten gesellt Hans sich einfach zu ihm. Still und stumm sitzt er dann da, neben seinem Bruder. Pierre hat beschlossen, Hans' Beispiel zu folgen. Er hat sich dicht neben den Kleinen gesetzt und ihn in Ruhe weinen lassen.

Nach einer Weile hat der Kleine Pierre auf die Wange geküsst, ist aufgestanden und leichtfüßig in Richtung Badezimmer gelaufen. Als er zurückgekommen ist, hat er das Licht eingeschaltet und gesagt:

»Komm und schau!«

Aus dem Spiegelschrank des Badezimmers lächelten ihnen unendlich viele Ebenbilder der Zwillinge entgegen.

Wann immer Hans das Hotelzimmer betritt, schließt er sich für eine Weile im Badezimmer ein. Pierre hat nie mit ihm über den Zauberspiegel gesprochen. Er hat es ihn selbst herausfinden lassen.

Anders als der Kleine läuft Hans gerne im Hotel herum. Die Angestellten kennen und mögen ihn. Dabei hat es eine Weile gedauert, bis sie begriffen haben, dass Pierre nicht immer mit demselben Jungen unterwegs ist, sondern dass es zwei von ihnen gibt.

Kürzlich hat der Hoteldirektor gefragt, ob Pierre nicht eines Tages beide Zwillinge mitbringen wolle.

Das ist das Letzte, was Pierre tun würde.

ACHTES KAPITEL

Draußen tobt ein Sturm. Die März-Stürme sind immer die schlimmsten. Alexandra blickt aus dem Wohnzimmerfenster und schimpft. Schon seit Stunden sitzt sie dort, lauscht dem Radio, telefoniert ununterbrochen und schäumt.

Alexandra feiert heute ihren vierzehnten Geburtstag und muss sich der Tatsache beugen: Etliche Straßen sind gesperrt und keiner ihrer Gäste kann kommen.

Corinne kann nicht einmal das Haus verlassen, um den Kuchen abzuholen, den sie für Alexandra bestellt hat. Noch dazu ist seit dem Morgen der Strom ausgefallen. Zusammen mit Pierre versucht sie ein kaltes Buffet zusammenzustellen, das zumindest ein bisschen festlich aussieht. Aber sie ist nicht bei der Sache.

»Wir sind zu weitab vom Schuss. Warum können wir nicht in der Stadt wohnen, wie alle anderen auch?«

Seit einem Jahr beschwert sich Alexandra ständig darüber, dass sie auf dem Land leben. Tatsächlich wohnen sie nur fünfundzwanzig Minuten von der Großstadt entfernt, für Alexandra aber bedeutet das »am Ende der Welt«, »im hintersten Winkel«, »mitten in der Pampa«. Schon jetzt leitet sie ihre Sätze regelmäßig mit »wenn ich ausgezogen bin« ein. Sie fühlt sich nicht wohl in diesem Haus.

Obwohl die Atmosphäre sich deutlich entspannt hat. Hans ist Alexandra gegenüber gar nicht mehr feindselig. Manchmal hat sie sogar den Eindruck, dass er auf ungeschickte Weise versucht, nett zu ihr zu sein. Der Kleine ist schon immer nett zu ihr gewesen, wenn auch im Verborgenen, weil Hans eifersüchtig über ihn wacht. Die Wärme des Kleinen ist jedoch stärker als alle Mauern, die Hans so beharrlich errichtet. Das weiß Alexandra. Eines Tages hat sie den Beweis dafür erhalten.

Zum zehnten Geburtstag hatten Corinne und Pierre ihr eine kleine, getigerte Katze geschenkt, in der Hoffnung, Alexandra würde sie zu ihrer Freundin, ihrer Vertrauten, machen. Mademoiselle war bis in den Frühling hinein fast die ganze Zeit über in Alexandras Zimmer geblieben, weil Hans seinem Pudel jedes Mal, wenn die Katze ihm im Haus begegnet war, »Fass!« zugeraunt hatte. Und der Hund war dem Kätzchen hinterhergejagt, ohne ihm allerdings je etwas zuleide zu tun.

An einem Tag Anfang Mai hatte Alexandra sich vergewissert, dass Hans mit Ticopin bei den Nachbarn war, ehe sie mit Mademoiselle auf die Terrasse hinter dem Haus gegangen war. Aber rein zufällig war genau in diesem Moment Hans auf seinem Fahrrad aufgetaucht, mit Ticopin im Schlepptau.

Ohne dass Hans ihm das Kommando gegeben hätte, war der große Pudel geradewegs auf die Katze zugestürmt, die sich schnell in Richtung Wald davongemacht hatte. An diesem Abend war sie nicht nach Hause zurückgekehrt.

Am Wochenende darauf hatten Corinne und Pierre mit den Cousins und Cousinen eine Suchaktion im Wald veranstaltet. Alexandra aber war klar gewesen: Je länger die Suche dauerte, desto geringer würde die Wahrscheinlichkeit, Mademoiselle wiederzufinden. Sie war ein ängstliches Kätzchen und das lärmende Treiben würde sie für immer in die Flucht schlagen.

Am Montag hatte Alexandra wegen hohen Fiebers nicht in die Schule gehen können. Die Zwillinge hatten an diesem Tag frei gehabt. Hans war am frühen Nachmittag an einem Videospiel hängen geblieben. Der Kleine hatte unterdessen der Nachbarin im Garten geholfen. Gegen drei war Hans nach draußen gegangen, um nach seinem Bruder zu sehen. Da war der Kleine jedoch schon seit über einer Stunde nicht mehr bei der Nachbarin gewesen.

Corinne, Hans und Madame Dubreuil hatten zunächst überall dort nach ihm gesucht, wo sich die Zwillinge normalerweise aufhielten. Ohne Erfolg.

Hans hatte gezittert wie Espenlaub.

Dann hatte Corinne Pierre angerufen und gebeten, früher von der Arbeit nach Hause zu kommen. Schnell war ein zweiter Suchtrupp auf die Beine gestellt worden, diesmal mit den Onkeln, Tanten und Nachbarn. Sie hatten vermutet, der Kleine könnte in den Wald zurückgegangen sein, wo sie am Vortag Mademoiselle gesucht hatten. Auch unten beim Becken und im Fluss am anderen Ende des Grundstücks hatten sie gesucht.

Bei Einbruch der Dunkelheit hatten sich alle in der großen Küche versammelt. Alexandra war trotz ihres Fiebers aufgestanden und hatte sich hartnäckig geweigert, wieder ins Bett zu gehen. Hans hatte sich in seinen mittlerweile viel zu kleinen Kinderschaukelstuhl gekauert, den er unbedingt hatte behalten wollen, sich gewiegt und den leeren Schaukelstuhl des Kleinen mit sich gezogen. Als er noch ganz klein gewesen war, hatte Hans die Armlehnen der Schaukelstühle mit Schnüren zusammengebunden, damit sie im Einklang schwingen konnten.

Es war eine finstere Nacht gewesen. Ein kalter Regen war niedergegangen. Man hatte in Erwägung gezogen, erst am nächsten Morgen weiterzusuchen, doch Pierre hatte davon nichts hören wollen. Gerade hatte er mit zweien seiner Brüder erneut aufbrechen wollen, um notfalls die ganze Nacht lang zu suchen, da war – tropfnass und schmutzig, aber erkennbar vergnügt – der Kleine aufgetaucht.

Er war geradewegs auf Alexandra zugelaufen, um ihr Mademoiselle zu überreichen, die er den ganzen Weg über in seine Strickjacke gehüllt hatte.

Jedem anderen Kind hätte man Vorwürfe gemacht, aber nicht dem Kleinen. Im Gegenteil. Sie hatten gefeiert, bis alle glücklich und erleichtert nach Hause gegangen waren.

Dann war alles wieder wie vorher geworden. Hans hatte die Wärme des Kleinen für sich allein beansprucht und sorgfältig die Dosis bestimmt, die er den anderen davon abgeben wollte.

Alexandra hat manchmal das Gefühl, die Geschichte von dem Kleinen, der ihr Mademoiselle zurückbringt, nur geträumt zu haben. Sie hat viel Fantasie. Aber es ist wirklich passiert. Ihre Eltern sprechen gelegentlich noch davon.

Sie kann die Gefühle, die sie gegenüber den Zwillingen hegt, jetzt besser einordnen. Der Anblick ihrer Brüder, gemeinsam verpuppt in dem schützenden Kokon, macht sie krank. Als ob sie ohne Arme und Beine geboren und dazu verdammt wäre, Hans und dem Kleinen dabei zuzusehen, wie sie unaufhörlich vor ihrer Nase herumrennen und miteinander spielen. Am Geburtstag der Zwillinge Mitte April hat es nie einen Sturm oder auch nur das Mindeste gegeben, was die Cousins, Cousinen und Freunde am Kommen gehindert hätte.

Wenn Alexandra wütend ist, dann immer auf Hans. Als ob er die Ursache all ihres Unglücks einschließlich des Sturms wäre. In solchen Momenten steigt stets dieselbe Vision in ihr auf.

Hans fährt auf Inlineskates die ›Klippe‹ hinunter, was er tatsächlich oft tut, obwohl die Eltern es verboten haben. Der Kleine hat Angst um seinen Bruder, läuft ihm am Straßenrand hinterher und ruft ihm zu, dass er anhalten soll. Am Ende wird der Kleine von dem Auto erfasst, das eigentlich Hans ausweichen wollte.

Das Szenario in Alexandras Kopf ist sehr lebendig. Und die Szene, die sie immer wieder von Neuem abspult, als ob sich dadurch der Schmerz in ihrem Inneren lindern ließe, ist der Moment, da Hans neben dem Kleinen kniet und sich ohne ein Wort, ohne einen Wehlaut, die Stirn am Pflaster blutig schlägt.

Statt jedoch Linderung zu verspüren, ist Alexandra jedes Mal so erschüttert, dass sie in Schluchzen ausbricht, als wäre sie Hans und hätte gerade ihren Zwilling verloren.

NEUNTES KAPITEL

Noch eine Woche bis zum Ende des Schuljahrs. Die Hitze in den Klassenzimmern ist unerträglich. Viele Veranstaltungen finden im Freien statt. Hans liebt es, wenn die Schule allmählich ihre Fenster und Türen öffnet, wenn alles, was monatelang so wichtig war, immer nichtiger wird, wenn die Pausen immer länger werden, bis sie schließlich die ganze Zeit in Anspruch nehmen.

Die beiden sechsten Klassen haben sich in kleinen Gruppen um ein paar große Drachen versammelt, die im Schulhof auf dem Boden liegen. Jedes Team bemalt für den Wettbewerb am Nachmittag seinen Drachen.

Normalerweise hätte Hans Freude daran, sich etwas Originelles auszudenken und aus seinen Kameraden das Beste herauszuholen. Heute aber will nichts so richtig klappen in seinem Team. Jeder tut, was er kann, aber ohne dass der Funke überspringt, der sie zum Sieg führen würde. Hans steht etwas abseits und wendet den Blick von den anderen ab.

Drüben sitzt der Kleine über einen Drachen gebeugt und ist dabei, ihn mit roter Fingerfarbe zu bemalen. Er dreht sich zu Hans um.

Gestern beim Abendessen hat Hans erfahren, dass sein Zwilling nicht mit ihm auf die weiterführende Schule wechseln wird. Offenbar hatten die Eltern noch nicht darüber sprechen wollen – als Hans allerdings wissen wollte, ob sein Bruder und er nächstes Jahr gemeinsam in der Schulkantine zu Mittag essen dürften, hat Corinne sich verplappert und geantwortet, dass der Kleine im September nicht auf die weiterführende, sondern auf eine Förderschule gehen wird. Hans ist aufgesprungen und hat den Kleinen angestarrt, der weiter seine Nudeln gefuttert hat, als ob er nichts gehört hätte. Pierre hat Hans gebeten, sich wieder zu setzen. Stattdessen hat Hans seinen Stuhl zurückgeschoben, einen Schritt rückwärts gemacht und mit belegter Stimme eine Erklärung gefordert. Corinne und Pierre haben ihm vorgeschlagen, zuerst das Abendessen zu beenden und anschließend darüber zu reden.

»Jetzt«, hat Hans gesagt.

Der Kleine hat sein Besteck hingelegt und sich ins Wohnzimmer gesetzt. Alexandra ist ihm gefolgt.

In der Küche haben Pierre und Corinne Hans im Flüsterton zu erklären versucht, dass der Kleine nicht die intellektuellen Voraussetzungen besitze, um auf die weiterführende Schule zu wechseln, dass er nicht wie die anderen Kinder sei und ein Recht auf eine seinen Bedürfnissen angepasste Umgebung habe. Außerdem könne er sich dann bald stärker auf seine Geigenstunden konzentrieren.

»Das weißt du doch, Hans«, hat Pierre nach jedem Satz gesagt.

Als ob Hans diese Wahrheit im Grunde seines Herzens schon immer gekannt, aber stets verleugnet hätte. Nur dass für ihn die Wahrheit eine ganz andere ist. Er hat aber nur den einen Satz herausgebracht:

»Der Kleine ist nicht blöd, er tut nur so!«

Eine halbe Ewigkeit sind immer die gleichen Sätze hin- und hergesprungen, wie in einem verrückten Karussell, ohne dass etwas Neues hinzugekommen wäre.

Dann ist Hans verstummt, hat ihnen den Rücken zugedreht und Hände und Stirn an die Wand gelegt. Corinne und Pierre haben gedacht, er würde jetzt wie früher mit dem Kopf wild gegen die Wand schlagen. Im Wohnzimmer hat Alexandra sich dem Kleinen zugewandt, der immer mühsamer geatmet hat. Sie hat befürchtet, er könne plötzlich ohnmächtig werden. Das kam mitunter noch vor. In der Küche hat Hans sich wieder zu Corinne und Pierre umgedreht, statt sich wehzutun, und ganz ruhig gesagt, als ob diese simple Lösung ihm gerade erst in den Sinn gekommen wäre:

»Der Kleine kann euch sagen, dass er nur so tut.«

Er ist ins Wohnzimmer gegangen und hat seinen Zwilling gebeten, die Wahrheit zu sagen, um so zu verhindern, dass eine folgenschwere Entscheidung getroffen würde. Aber der Kleine ist stumm geblieben.

Hans hat ihn angefleht.

Der Kleine war leichenblass. Er hat keinen Ton gesagt. Schließlich ist er aufgestanden, hat Hans bei der Hand genommen und ihn auf ihr Zimmer geführt.

Hans weiß genau, dass der Kleine in der Schule schneller lernt als er. Dass er, wenn er wollte, Klassenbester sein könnte. Außerdem weiß der Kleine viel bedeutsamere Dinge, über die er nicht spricht, nicht einmal mit ihm, seinem Zwilling.

Deshalb hat Hans nicht verstanden, wie sein Bruder es einfach hinnehmen konnte, dass sie ihn in eine Förderschule stecken wollten. Warum er damit einverstanden war, dass man sie trennte.

Aber im Kinderzimmer hat der Kleine ihm gesagt, dass es besser so sei. Und obwohl es ihn zerreißt, obwohl er die geheimen Beweggründe seines Bruders nicht erfassen kann, vertraut Hans voll und ganz dem Urteil des Kleinen.

ZEHNTES KAPITEL

An der neuen Schule ähnelt nichts der vorigen. Auch wenn alle seine Freunde hier sind, fühlt Hans sich in dieser Welt ohne seinen Bruder vollkommen verloren.

Der Geruch von frischem Beton hängt in der Luft und dreht ihm den Magen um. Als ob ein hartnäckiger Kerkermeister die Betonblöcke in diesem Gefängnis Nacht für Nacht neu zementieren würde. Alle Wände sind aus diesem kalten, toten Material, das obendrein jemand senfgelb angestrichen hat.

Hans ist immer sehr gern zur Schule gegangen, doch hier bekommt er wegen der feindseligen Umgebung oft gar nichts vom Unterricht mit. Die Fenster lassen sich nicht öffnen und sind noch dazu gerade ein bisschen zu hoch angebracht, um hinaussehen zu können. Durch die Scheiben dringt ein Tageslicht, dem der fahle Schein der Neonröhren sofort den Zauber raubt. Aus den Lüftungsschlitzen an der Decke strömt durch staubbedeckte Gitter feuchte, lauwarme, abgestandene Luft.

In den Pausen, beim Mittagessen und zum Unterrichtsende wird alles von einer wimmelnden, lärmenden Masse überflutet, die Flure, die Treppen, die Halle.

Hans vermisst seinen Bruder, ist jedoch froh, dass ihm diese Hölle erspart bleibt – auch wenn er tief in seinem Inneren weiß, dass der Kleine überall seinen Frieden finden kann, mitten im Trubel und mitten im Unglück, besser als er.

Am allerschlimmsten findet Hans den Augenblick, wenn aus der Küche, die genau unter dem Klassenzimmer liegt, die Essensgerüche aufsteigen und die Schüler unruhig werden, weil bald, ganz bald, die Glocke läuten wird. Wenn es soweit ist, findet ein wildes, fluchtartiges Wettrennen zur Cafeteria statt, wo jeder der Erste sein und möglichst schnell einen Tisch ergattern will, um zusammen mit seinen Freunden essen zu können.

Hans nimmt nicht an dem Rennen teil. Er schleicht sich heimlich zur Garderobe, wo er ein ruhiges Plätzchen gefunden hat. Seit das neue Schuljahr begonnen hat, vor fast vier Wochen, isst er dort auf dem Boden.

Kurz nach den Sommerferien durfte jeder Zwilling die Schule seines Bruders besichtigen. Hans ist klar, dass der Kleine da, wo er ist, viel besser aufgehoben ist. Alles ist dort freundlicher, einfacher.

Malen und Zeichnen sind an der Schule des Kleinen wichtiger als Rechnen und Schreiben. Doch jeden Abend bringt Hans seinem Bruder bei, was er tagsüber gelernt hat. Auf diese Weise ist der Kleine nicht dem rauen Umfeld der höheren Schule ausgesetzt und macht trotzdem in allen Fächern Fortschritte, im selben Tempo wie Hans. Im Gegenzug gibt der Kleine ihm Geigenstunden.

Nachdem er hastig und ohne Appetit sein Mittagessen verschlungen hat, bleibt Hans, an ein Metallfach gelehnt, in seiner Ecke sitzen und denkt nach. Und jedes Mal reißt es ihn schneller fort. Allmählich taucht er in immer gefährlichere Gewässer, wo nur noch Düsternis herrscht. Er entwirft Todesszenarien für sich und den Kleinen.

Zwei davon hat er ausgewählt und jedes Detail sorgfältig abgewogen, um den Kleinen nicht mit in ein Abenteuer zu ziehen, das ein böses Ende nehmen könnte. Keiner der Zwillinge soll seinetwegen allein zurückbleiben. Und sie sollen möglichst wenig leiden.

Außerdem möchte Hans Alexandra einen Brief hinterlassen. Er hat mehrere Briefe angefangen, weiß aber nicht recht, was er ihr eigentlich sagen will. Sicher ist, dass er ihr Ticopin vermachen will. Mit ihm fühlt sie sich vielleicht etwas weniger einsam. Und Mademoiselle versteht sich inzwischen gut mit dem großen Pudel.

Als Erstes ist da das Fluss-Szenario. Hans hat in der Scheune des Nachbarn zwei ziemlich schwere Eisenräder entdeckt, die von einem alten Traktor stammen. Er wird sie eines nach dem anderen auf den kleinen Holzkarren laden, den Monsieur Dubreuil ab und zu für Steine oder andere Dinge benutzt, die ihm zum Herumschleppen zu schwer sind. Hans wird die Räder flussaufwärts bis zu dem Becken karren, das die Vorbesitzer einst mit Dynamit herausgesprengt hatten, um darin zu baden, was sich allerdings als viel zu gefährlich erwiesen hatte. Es handelt sich um ein kaum drei Meter breites Loch mit schroffen, fast senkrecht abstürzenden Wänden. Mithilfe eines Sonargeräts hat einer seiner Onkel ermittelt, dass der Schacht fünf bis sechs Meter tief sein muss. Es ist den Kindern streng verboten, darin zu baden, ja, sich auch nur in der Nähe des Lochs aufzuhalten. Mit einem Seil wird Hans die Gewichte an ihre Beine binden, so dass die Brüder nur noch gemeinsam die Felswand hinabgleiten müssen.

Das zweite Szenario, das mit dem See, gefällt dem Jungen noch besser, obwohl er bis zu den Weihnachtsferien in zweieinhalb Monaten warten müsste, um es in die Tat umzusetzen, was sich für ihn sehr lang anfühlt. Sobald der See zugefroren ist, trifft sich die ganze Familie regelmäßig zum Eislaufen. An einem solchen Tag müssen Hans und der Kleine sich nur langsam von ihren Cousins und Cousinen entfernen und gemeinsam dorthin gleiten, wo das Eis sehr dünn ist. Er wird die verbotene Zone an den frisch in einer Reihe gepflanzten Tannenbäumchen erkennen, die die nicht zu überschreitende Grenze markieren. Hand in Hand werden sie immer weiterlaufen, trotz der Schreie der anderen. Zuerst wird es dumpf knacken, ehe sich der See unter ihren Füßen auftun und sie in seine kalten Tiefen ziehen wird, ohne dass sie Zeit haben werden, einen klaren Gedanken zu fassen. Ein eiskalter Stich, dann nichts mehr. Nur noch Stille. Genau das ist vor zwei Jahren mit dem Hund eines Cousins passiert.

Die Aussicht, dass der Kurs des Kleinen mit der Zeit immer mehr von seinem eigenen abweichen wird, ist für Hans unerträglich. Nicht, dass sein Bruder nicht das Zeug zum Lernen oder zu einem Leben hätte, das Corinne und Pierre als »normal« bezeichnen würden, sondern er will so ein Leben nicht. Er will lieber einen anderen Weg einschlagen. Hans weiß noch nicht, wohin dieser den Kleinen führen wird. Vielleicht ja ins Nirgendwo. Trotzdem ist er sicher, dass sein Bruder den besten, sinnerfülltesten Weg wählen wird. Hans dagegen wird dieser Weg verwehrt bleiben. Er muss den Allerweltspfad beschreiten und seinen Zwilling allmählich ziehen lassen, bis er ihn am Ende vielleicht ganz verliert.

Diese Vorstellung erträgt Hans nicht. Lieber will er jetzt sofort zusammen mit seinem Zwilling sterben.

ELFTES KAPITEL

Hans' Plan wurde abgeschmettert. Er schafft es nicht einmal mehr, die Todesszenarien in seinem Kopf durchzuspielen. Der Kleine will nichts davon wissen. Direkt hat er das zwar nicht gesagt – was aber eigentlich sogar noch schlimmer ist.

Vorgestern ist der Kleine mit einer Überraschung aus der Schule gekommen: einer erstaunlichen Zeichnung, riesig, an der er über zwei Wochen gearbeitet hat. Genannt hat er sie: *Wir*. Das Bild, das Corinne an die Küchenwand gehängt hat, ist rührend und witzig zugleich, vor allem aber zutiefst beunruhigend.

Erstens, weil dieses »Wir« – kein überraschender Begriff für einen Zwilling – nicht wie üblich das bloße Paar, sondern die ganze Familie bezeichnet. Eingeschlossen sind alle, sogar Mademoiselle und Ticopin.

Erstaunlich ist auch, dass es dem Kleinen gelungen ist, nicht nur eine Ansammlung von Einzelwesen, sondern eine wahre Einheit darzustellen: ihre Familie. Diese Vision des Kleinen ist keine naive Abbildung seiner Wunschvorstellung von einer idealen Familie. Der Zusammenhalt existiert tatsächlich, ist aber im Alltag nicht sichtbar, weil zahlreiche Fliehkräfte wirksam sind.

In der dritten Klasse hatte auch Alexandra ein Bild von der Familie gemalt. Die Zwillinge waren damals vier Jahre alt gewesen. Ihr Bild hatte aus drei klar voneinander getrennten Bereichen bestanden. Links Corinne und Pierre, die in Richtung ihres Hauses blickten. Sie hatte sie von der Seite gemalt, mit starr angelegten Armen. Auf einem Stuhl mit sehr hoher Lehne saß Alexandra, so dicht am Blattrand, dass einer ihrer Arme abgeschnitten war. Die Zwillinge thronten rittlings auf dem Dachfirst, Hans hinter dem Kleinen, die Arme um ihn geschlungen. Es hatte so ausgesehen, als ob ein einziges Kind mit zwei Köpfen dort oben säße. Ein zauberhafter Hintergrund mit Blumen, Bäumen und Vögeln. In der Ferne hatte man sogar den Fluss erkennen können. Insgesamt hatte das Ensemble jedoch einen starken Eindruck von Zersplitterung verströmt. Niemanden hatte dieses Bild überrascht. Alle außer dem Kleinen hatten sich wiedererkannt.

Alexandras Darstellung hatte ihrer aller Auffassung von der Familie entsprochen – bis der Kleine sein eigenes Bild mitgebracht und eine grundlegende, aber verborgene Wahrheit aufgedeckt hat, die sie alle betrifft. Die Zeichnung des Kleinen hat lediglich bewirkt, dass diese Wahrheit endlich sichtbar wurde.

Beim Abendessen ist Alexandra wie üblich schweigsam, aber deutlich entspannter gewesen. Bevor sie in die Stadt aufgebrochen ist, um mit ihren Freunden ins Kino zu gehen, hat sie Corinne, Pierre und dem Kleinen einen Abschiedskuss gegeben, was sie sonst nie getan hat. Als sie an Hans herangetreten ist, hat sie eine so wütende Hilflosigkeit in seinem

Blick gesehen, dass sie erstarrt ist. Er hat ihr den Rücken zugedreht, ist in das Zimmer der Zwillinge gegangen und hat die Tür hinter sich zugeknallt.

Indem der Kleine offenbart hat, was die Zwillinge mit dem Rest der Familie verbindet, hat er Hans kein Geschenk gemacht. Im Gegenteil: Hans begreift die Zeichnung geradezu als einen Verrat.

Genau dieses »Wir« war bislang ihnen beiden vorbehalten. Hans hat es zu einem der heiligen Wörter ihres Kodex gekürt. Manchmal haben sie sogar seine Beugung verändert. Untereinander haben sie nicht »Ich bin krank« oder »Wir sind krank« gesagt, sondern: »Wir ist krank«, ob sich nun ein Zwilling oder beide gleichzeitig unwohl gefühlt haben.

Und nun hat der Kleine die wunderbare Komplizenschaft, die sie vollkommen miteinander hat verschmelzen lassen, einfach auf alle Familienmitglieder ausgeweitet.

Hans will nicht, dass Alexandra auch nur zu denken wagt, sie hätte jetzt Zugang zum allergeringsten Geheimnis, das er und der Kleine teilen. Wie auch Corinne und Pierre zählt sie zu den ›äußeren Beziehungen‹. Diese Beziehungen können durchaus gut sein, und das sind sie immer häufiger, aber zwischen ihnen existiert keine innere Komplizenschaft, wie der Kleine ihnen weismachen will.

Dass ausgerechnet der Kleine den Zauberkreis, die magische Blase, durchbrechen will, schmerzt Hans am meisten. Seit ihrer Geburt haben viele Menschen auf verschiedene Weise versucht, die Zwillingszelle zum Platzen zu bringen, als ob sie eine Bedrohung wäre. Keiner hat es geschafft. Diesmal jedoch löst der Kleine sie von innen her auf, und Hans glaubt nicht, dass er das überlebt.

Als an diesem Abend die Lichter ausgegangen waren und jeder allein in seinem Bett lag, hat Hans seinem Bruder verkündet, dass er beschlossen habe, Selbstmord an ihnen zu begehen.

Der Kleine hat nur: »Ah!« gemacht.

Nach einem Augenblick beklemmender Stille wollte Hans ausführlich das Fluss-Szenario beschreiben, kurzfristig die einzige Möglichkeit. Aber der Kleine hat gesagt: »Wenn du das tust, bin ich zu nichts nütze gewesen.«

Ohne dass Hans die Bedeutung dieser Worte hätte entschlüsseln können, hat ihn der Satz im Innersten getroffen. Schluchzend ist er aufgestanden und in die Arme des Kleinen geflüchtet.

ZWÖLFTES KAPITEL

Der Kleine ist draußen und formt aus pappigem Schnee lebensgroße Tiere, die er auf der Terrasse arrangiert. Es gibt schon einen Luchs, einen Wolf und einen Hasen. Auch ein Rehkitz nimmt allmählich Gestalt an.

Hans sitzt in dem großen Wintergarten, den sie vergangenen Herbst angebaut haben. Mit dem Fundament und dem Anbringen der Glasscheiben wurde eine Firma betraut, aber die Tischlerarbeiten haben Pierre und Hans allesamt selbst ausgeführt.

Normalerweise beteiligen sich die Onkel an solchen Arbeiten, was immer ein bisschen wie Frondienst wirkt. Diesmal hatte Pierre gemeint, dass Hans inzwischen geschickt und stark genug sei, um es mit ihm allein zu schaffen.

Von Ende August bis Mitte Dezember waren alle Wochenenden und so mancher Abend für den Wintergarten draufgegangen. Hans hatte sich zunächst nicht so recht wohl gefühlt in seiner Haut, weil er nicht wirklich gewusst hatte, was er tun sollte und was er überhaupt konnte. Außerdem war er unsicher gewesen, was Pierre ihm wirklich zutraute. Er hatte oft zugesehen, wie Pierre mit seinen und Corinnes Brüdern zu Werke gegangen war. Bald war ihm klar geworden, dass sein Vater ihn nicht anders behandelte.

Wenn der Kleine zusammen mit Corinne und Alexandra einen Rundgang unternommen hat, um sich die Fortschritte anzusehen, hat Hans stolz seine Arbeiten präsentiert und ihm alles ganz genau erklärt.

Hans sitzt so, dass er nur den Blick heben muss, um auf der verschneiten Terrasse, die immer mehr aussieht wie ein Tiergehege, den Kleinen sehen zu können. Er hat sich noch nie so auf die Weihnachtsferien gefreut. Allerdings nicht wegen des See-Szenarios. Daran denkt er fast gar nicht mehr, nur noch manchmal, wenn er sich allein fühlt – ein Gedanke wie ein böser Traum, den er am liebsten vergessen würde.

Statt sich mit dem Kleinen, den Cousins und den Freunden zu beschäftigen, was er normalerweise in der Ferien- und Adventszeit macht, verbringt Hans beinahe jeden Tag im Wintergarten, wo er schon morgens ein großes Feuer anfacht. Corinne und Pierre glauben, dass der Wintergarten, weil Hans so aktiv an seinem Bau beteiligt war, vielleicht sein erstes richtiges Zuhause ist, in dem er es schafft, alleine zu sein, ohne seinen Bruder. Der Kleine hat sich den Wintergarten nicht wie Hans zu eigen gemacht.

Er betritt ihn nur, wenn die ganze Familie dort zusammenkommt, oder um ein bisschen mit Hans zu plaudern, kehrt dann aber schnell wieder zu seinen Beschäftigungen zurück, zusammen mit Ticopin.

Hans hat dem Kleinen seinen schwarzen Pudel anvertraut. In Wirklichkeit will er seinen Zwilling nicht zu lange allein lassen, weil er befürchtet, dass dieser darunter leiden könnte. Was aber nicht der Fall zu sein scheint.

Ticopin hingegen wird zuweilen von brennender Sehnsucht erfasst, vor allem, wenn er Hans hinter der Glasscheibe sieht, aber nicht zu ihm kann. Dann setzt er sich vor die durchsichtige Wand und beginnt herzzerreißend zu winseln. Anfangs hat das Hans so mitgenommen, dass er zur Tür geeilt ist und den Hund zu sich ans Feuer gelassen hat. Doch nach einer Weile hat er Angst bekommen, dass der Kleine sich dann verlassen, im Stich gelassen fühlen könnte. Also hat er den Hund wieder nach draußen geschickt. Doch kurz darauf hat der Pudel abermals sein Tamtam veranstaltet. Wenn Ticopin so winselt, was immer seltener vorkommt, muss inzwischen nur der Kleine kommen und ihm die Hand auf den Kopf legen, damit das Tier sich beruhigt.

Hans kuschelt sich noch tiefer in seinen Sessel und blickt in die bläulichen Flammen. Er saugt den Duft des Wintergarten nach frischem Holz in sich ein. Bei der Kälte knarren manchmal die Balken, und Hans hat das Gefühl, dass sie lebendig sind.

Er wirft einen letzten Blick auf den Kleinen, ehe er sich wieder seinem Buch widmet.

In den Tagen nach dem Vorfall mit dem Familienbild hatte Hans sein Mittagessen nicht mehr neben der Schülergarderobe verspeist, sondern es ganz ausfallen lassen. Wie auf der Suche nach seinem eigenen Schatten, war er in den düsteren Gängen der Schule umhergeirrt.

In einem Flügel des Gebäudes, um diese Zeit normalerweise leer, war Hans eines Mittags ganz unverhofft auf seinen Französischlehrer gestoßen, Alexis Santerre, der im Gehen gelesen hatte. Gerade hatte Hans nach einem kurzen »Hallo« auf dem Absatz kehrtmachen wollen, da hatte der Lehrer ihn angesprochen:

»Du verbringst die Mittagspause wohl auch lieber allein, das ist mir gleich aufgefallen.«

Hans war so überrascht, ja geschockt von dieser Bemerkung gewesen, dass es ihm die Sprache verschlagen hatte. Er hatte sofort an die ganzen Geschichten über Pädophile denken müssen. Aber der Lehrer hatte ihm lediglich sein Buch überreicht und gesagt:

»Das wird dir gefallen, denke ich. Du kannst es mir Anfang nächster Woche nach dem Unterricht zurückgeben.«

Hans hatte das Buch entgegengenommen und der Mann war weitergegangen, ohne sich noch einmal umzudrehen.

Dieses Buch ist anders als alle Bücher, die Hans bisher gelesen hat. Es gibt zwar eine Handlung mit Figuren, aber alles andere ist eigenartig, sogar die Art und Weise, wie der Text auf den Seiten angeordnet ist und wie die Dinge gesagt werden. Es handelt sich um ein Theaterstück, geschrieben von einem Mann, der schon vor Hunderten von Jahren gestorben ist.

Die Geschichte spielt in einer fernen Zeit, in einer Welt, die der von Hans in nichts ähnelt. Eine Frau tötet auf brutale Weise ihren Ehemann. Wie durch ein Wunder gelingt es der Tochter, ihren kleinen Bruder aus dem Gemetzel zu retten, indem sie ihn unter dem Kleid verbirgt und mit ihm flieht. Wegen ihrer grausamen Mutter leben die Geschwister einige Jahre getrennt voneinander. Doch der kleine Junge wird erwachsen und eines Tages kehrt er zurück, um Rache zu üben. Geschickt dringt er in den Palast seiner Mutter ein und ermordet sie seinerseits brutal.

Am Abend, in seinem Bett, hat Hans das Buch zunächst ohne Begeisterung gelesen. Am nächsten Tag hat er es noch einmal gelesen, diesmal mit weniger Vorbehalten. Dann hat er in einem neuen Heft ein paar Auszüge notiert und sie mit Inbrunst rezitiert.

Als Hans am nächsten Montag das Klassenzimmer betreten hat, konnte er Alexis Santerre nicht in die Augen sehen. Es beunruhigte ihn zutiefst, dass dieser Mann ihn heimlich bei der Garderobe beobachtet und erraten hatte, dass sein Buch ein bitteres Gefühl benannte, das schon seit Langem in ihm schwelte und das er zu verdrängen versuchte.

Am Ende der Stunde hat Hans seinen ganzen Mut zusammengerafft und das Buch, ohne den Blick zu heben, auf die Kante des Lehrerpults gelegt. Gerade wollte er eilends den Raum verlassen, da hat der Lehrer ihn zurückgerufen und ist ihm entgegengekommen, um ihm ein weiteres Buch zu reichen. Ohne auch nur einen Dank herauszubringen, hat Hans nach dem Buch gegriffen und ist hinausgehuscht.

Diese Lektüre ist noch merkwürdiger und grauenvoller als die vorherige. Ein Mann kann eines Morgens nicht mehr aufstehen und sein Zimmer verlassen, weil er sich im Schlaf in ein riesiges, abscheuliches Insekt verwandelt hat. Keiner will mehr mit ihm reden, nicht einmal seine Schwester, die ihn zuvor so sehr geliebt hat und die er verehrt. Am Anfang seiner Verwandlung kümmert sie sich noch ein bisschen um ihn, doch schon bald lässt sie ihn wie die anderen fallen. Und er geht zugrunde, elendig und allein. Als Vater, Mutter und Schwester endlich seinen Tod feststellen, fühlen sie sich derart befreit, dass sie alle einen ganzen Tag Urlaub nehmen und gemeinsam einen vergnügten Landspaziergang machen.

DREIZEHNTES KAPITEL

Corinne atmet tief durch und versucht sich zu beruhigen. Ihr Herz rast und fühlt sich an, als würde es gleich zerspringen. Seit Hans das Haus verlassen und die Tür hinter sich zugeschlagen hat, ringt sie nach Fassung.

Corinne hat eine Stelle in einer Werbeagentur bekommen. Anfang Januar fängt sie dort an. In den letzten Monaten hat sie alle Kraft darauf verwendet, gegen die innere Angst anzukämpfen, die sich im Laufe der Jahre eingeschlichen und sie von der Stellensuche abgehalten hat. Die Vorstellung, in nicht einmal einem Monat ihren neuen Job anzutreten, macht sie so nervös, dass sie bisweilen nachts nicht schlafen kann. Diesmal hat sie allerdings beschlossen, sich von nichts und niemandem aufhalten zu lassen. Nicht einmal von Hans.

Nach der Geburt der Jungen hatte Corinne die Rückkehr an den Arbeitsplatz Jahr für Jahr hinausgeschoben. Der Kleine war oft krank gewesen, manchmal war es ihm so schlecht gegangen, dass er mit dem Rettungswagen ins Krankenhaus gebracht werden musste. Zu Hause war nichts mehr wie vorher gewesen. Alles hatte sich verkompliziert, sogar mit Alexandra. Corinne hatte vorerst entschieden, erst wieder zu arbeiten, wenn die Wogen sich geglättet hätten.

Mit der Einschulung der Zwillinge hatte sich die Situation deutlich gebessert und Corinne hätte in ihren Beruf zurückkehren können. Doch sie hatte das Gefühl gehabt, den Anforderungen nicht mehr zu entsprechen, der stressigen Arbeitswelt nicht mehr gewachsen zu sein. Und so war sie zwölf Jahre lang zu Hause geblieben. Aber jetzt ist Schluss damit, auch wenn es Hans nicht passt.

Hans' Reaktion hat Corinne kalt erwischt. Angefangen hat es zur Mittagszeit. Hans hat im Wintergarten ein Buch gelesen, während sie das Essen zubereitet hat. Sie war mit den Zwillingen allein. Dann hat sie den Kleinen durch die Hintertür zu Tisch gerufen. Er hat nicht reagiert, was ihm nicht ähnlich sah. Corinne hat Hans gebeten, ihn zu holen.

Der Kleine war auf dem Nachbargrundstück auf das Dach des alten Schuppens geklettert und in den Schnee hinabgerutscht, was Hans und er gerne taten. Allerdings war der Schnee inzwischen hart geworden. Der Kleine war auf sein Gesicht gefallen und blutete aus der Nase.

Hans ist brüllend zurück ins Haus gerannt, als hätte sein Zwilling sich den Schädel aufgeschlagen. Corinne hat sich sofort um den Kleinen gekümmert. Als ihr klargeworden ist, dass es nichts Ernstes war – es hatte sogar aufgehört zu bluten –, hat sie versucht, Hans zu beruhigen, der immer noch entsetzt die Hände über dem Kopf zusammengeschlagen hat. Es kam häufig vor, dass der andere reagierte, wenn der eine sich verletzt hatte, und Corinne hat zunächst gedacht, es würde sich um genau diese empathische Reaktion handeln. Als sie Hans jedoch berührt hat, um ihn zu beruhigen, hat er sie weggeschubst und mit belegter Stimme hervorgestoßen:

»Wenn der Kleine aus der Schule kommt und ganz allein ist, weil du bei der Arbeit bist, wer kümmert sich dann um ihn, wenn ihm etwas Schlimmes passiert?«

Dann hat Hans auf dem Absatz kehrtgemacht und sich in seinem Zimmer eingeschlossen. Corinne ist fassungslos zurückgeblieben.

Sie hat dem Kleinen, der von dem, was eben vorgefallen war, nicht im Mindesten betroffen schien, seine Mahlzeit serviert und ihm beim Essen zugesehen. Pierre und sie hatten Pro und Kontra erwogen, ehe Corinne die ihr angebotene Stelle angenommen hatte. Dass der Kleine nicht eineinhalb Stunden lang allein sein könnte, bis sein Bruder von der Schule kam, war ihnen nie in den Sinn gekommen. Für einen Augenblick hat Hans' Bemerkung trotzdem Zweifel in Corinne aufblitzen lassen. War es verantwortungslos, nicht daran gedacht zu haben?

Gegen zwei ist Hans aus seinem Zimmer gekommen. Während er Mantel und Stiefel angezogen hat, um nach draußen zu gehen, ist Corinne zu ihm gegangen und hat ihn ruhig um ein Gespräch gebeten.

»Worüber?«, hat Hans gefragt.

»Darüber, dass ich bald wieder arbeite«, hat Corinne erwidert.

Hans hat sich zu ihr umgedreht, ihr einen kalten Blick zugeworfen und gezischt:

»Du hast dich doch sowieso schon entschieden. Dass du dabei nicht an mich gedacht hast, ist ja klar, du hast mich ja eh nie geliebt! Aber zumindest an den Kleinen hättest du denken können.«

VIERZEHNTES KAPITEL

Bis spät in die Nacht hat Corinne mit Pierre gesprochen und geweint. Bei Sonnenaufgang ist sie aufgestanden, hat Kaffee gekocht und sich in den Wintergarten gesetzt.

Wie sie es sich gedacht hatte, ist gegen sieben Uhr Hans heruntergekommen, um das Feuer anzufachen. Es hat eine Weile gedauert, bis er sie bemerkt hat. Er hat einen kurzen, spitzen Schrei ausgestoßen, der sie normalerweise zum Lachen gebracht hätte, weil sonst der Kleine derart schreckhaft ist und wie ein Kaninchen fiept. Hans wollte sich schon zurückziehen, aber Corinne hat ihn gebeten zu bleiben.

Er hat kein Feuer gemacht. Stattdessen hat er sich in den am weitesten entfernten Sessel fallen lassen, die Arme vor der Brust verschränkt und eine genervte Schnute gezogen.

Corinne musste an den Rotfuchs denken, der sich eines Tages in dem Stacheldrahtzaun verfangen hatte, der, schlampig aufgewickelt, auf dem Grundstück herumgelegen hatte. Wann immer man sich dem Fuchs hatte nähern wollen, um ihn zu befreien, war er jäh erstarrt, hatte die Lefzen hochgezogen, die Zähne gefletscht und dumpf geknurrt. Dann hatte er sich wieder hin- und hergeworfen, um seine Fesseln abzuschütteln. Vor lauter wildem Umsichschlagen hatte er sich am Ende so schwer verletzt, dass Pierre ihn hatte erschießen müssen. Es war der Sommer gewesen, in dem sie das Haus gekauft hatten.

Corinne und Hans sind zwar schon oft aneinandergeraten, haben sich aber immer nur kurze Scharmützel geliefert, ehe sie möglichst rasch wieder auf vertrautes Terrain zurückgekehrt sind, um ihrem Groll nicht auf den Grund gehen zu müssen. Corinne würde sich wünschen, dass sie diesmal bis zum Äußersten gehen.

Als Hans gestern die Tür ins Schloss geworfen hatte, hatte es Corinne buchstäblich den Atem verschlagen. So müsse sich ein Herzinfarkt anfühlen, hatte sie gedacht. Doch es war etwas anderes gewesen, wie sie bald erkannt hatte – etwas, das sie schon sehr lange nicht mehr mit solcher Heftigkeit empfunden hatte: Wut.

Hans wollte nicht, dass sie wieder arbeitete, aber seine Sorge galt nicht wirklich dem Kleinen, sondern vielmehr sich selbst. Wenn sie nämlich nicht zu Hause war, um auf seinen Zwilling aufzupassen, konnte Hans sich nicht wie jetzt einfach aus dem Staub machen.

Den ganzen restlichen Nachmittag war Corinne so wütend gewesen, dass sie eine Migräne bekommen hatte. Was äußerst selten vorkam. Sie hatte eine

Tablette genommen, sich hingelegt und war in einen Dämmerzustand verfallen. Als sie wieder aufgewacht war, war die Wut vollständig verschwunden, stattdessen hatte sie tief drinnen eine Traurigkeit empfunden, die ihr die Tränen in die Augen getrieben hatte. Hans' Botschaft war ihr jetzt so schleierhaft erschienen, dass sie sie nicht mehr hatte entschlüsseln können. Ganz bestimmt steckte etwas Manipulatives darin, um sie an den Kleinen zu binden, aber da war noch etwas anderes, äußerst Schmerzvolles, ein ultimativer Appell, der nur ihn selbst, Hans, betraf.

Wenn Corinne nicht gleich etwas sagt, wird Hans aufstehen und die Würfel werden für immer gefallen sein. Also stellt sie ihm die Frage, die ihr heute Nacht am häufigsten durch den Kopf geschwirrt ist:

»Wäre es dir lieber, wenn ich zu Hause bleiben würde, um mich weiter um dich zu kümmern?«

Ihre Worte schlagen ein wie eine Bombe.

Hans richtet sich ruckartig auf, rutscht an die Sesselkante und beugt sich nach vorn, wie um Corinne besser entgegenschleudern zu können:

»Um den Kleinen zu kümmern! Nicht um mich! Ich brauche dich nicht!«

In ihren schlaflosen Stunden war Corinnes schlimmste Befürchtung, sich nicht mit ihrem Sohn unterhalten zu können, ohne in Tränen auszubrechen. Danach ist ihr plötzlich gar nicht mehr zumute. Als bitterer Kloß entringt sich wieder die Wut ihrer Kehle, und Corinne lässt sie heraus.

Für eine ganze Weile verwandelt sich der Wintergarten in einen Schießplatz. Vorwürfe und tiefsitzender Groll stieben durch die Luft.

Corinne hat ihn nie geliebt. Da ist sich Hans sicher. Für sie ist er schon immer der Henker seines Bruders. Ein Monster! Er weiß noch genau, wie sie, als sie noch klein waren, ihm angewidert beim Essen zugesehen hat, weil er immer Hunger hatte, während der Kleine wie ein Spatz gegessen hat. Corinne ist es gewesen, die sie zum Psychologen gezerrt hat, weil Hans den Kleinen angeblich erdrückt, unterworfen, zu seinem Objekt, seiner folgsamen Puppe, seinem Hündchen gemacht hat. Auch die Idee mit den zwei Kinderzimmern und den verschiedenen Schulen musste doch von ihr stammen. Sie hat alles getan, um sie zu trennen, weil sie eifersüchtig war. Am liebsten hätte sie den Kleinen ganz für sich allein gehabt. Für sie wäre es besser gewesen, Hans wäre nie geboren worden.

»Wenn ich könnte, würde ich dich umbringen!«

In diesem Moment könnte Corinne auch Hans umbringen. Sie wirft ihm vor, sie nie wirklich gebraucht zu haben, außer um Essen zu kochen, Wehwehchen zu versorgen, Taxi zu spielen, um irgendeinen Cousin hin- und herzufahren, oder die großen Familienfeste zu organisieren, die er so liebt. Aber vor allem, um den Kleinen von hinten und vorne zu betüddeln, damit er, Hans, sich seinetwegen keine Sorgen machen oder gleich komplett in Panik ausbrechen muss. Kein einziges Mal, nicht einmal, als er noch ganz klein war, ist Hans zu ihr zugekommen, um sich umarmen, trösten, wiegen oder auch nur kurz drücken zu lassen. Die einzige Verbindung, die er zu Corinne geknüpft hat, war »geschäftlicher« Natur. Hans hat mit ihr Abkommen über die Zwillinge »ausgehandelt«. Und dabei ist er immer kühl geblieben, als ob sie eben Geschäftspartner wären, und hat nie irgendwelche Gefühle gezeigt.

Besonders wütend macht sie, dass er sich immer über die Einsamkeit jener lustig gemacht hat, die er abschätzig die »Alleinigen« nennt. Sie kann ihm nicht verzeihen, dass er jahrelang Mauern um sich und den Kleinen errichtet hat. Dass er Pierre, Alexandra und sie ihrer Zuneigung zu ihm, Hans, beraubt hat.

»Ich bin böse, weil du nie zugelassen hast, dass ich dich so liebe, wie ich es gern getan hätte. Weil du immer Barrieren zwischen uns errichtet hast. Und ich habe die Nase voll von deiner krankhaften Angst, ich könnte dir stehlen, was in dir ist, wenn ich dir zu nahe komme.«

Es wird still. Sie sind wirklich bis zum Äußersten gegangen.

Corinne ist erschöpft und kann sich, wie befürchtet, der Tränen nicht mehr erwehren. Sie will Hans nicht in die Augen sehen, weil sie bereut, ihm all das gesagt zu haben – und dass sie weint, ausgerechnet vor ihm, dessen Blick ganz sicher wie immer völlig teilnahmslos bleiben wird.

Aber Hans, versunken in seinem Sessel, beginnt zu schluchzen, wie der Kleine es häufig vor ihnen tut, er dagegen nie. Die Schluchzer kommen tief aus dem Inneren, steigen dann langsam nach oben und bringen seine Schultern zum Beben.

Nach einer Weile steht Corinne auf, um ihren Kleinen zu trösten.

FÜNFZEHNTES KAPITEL

Samuel beugt sich über Alexandra und lässt seine Lippen gierig über ihren Hals gleiten. Es sieht aus, als würde er sie beschnuppern. Ticopin zeigt ein ähnliches Verhalten, wenn er einen Geruch wittert und ihn zu orten versucht. Alexandra gurrt, ähnlich wie über ihr die Tauben unter dem Dach der Scheune.

Hans weiß, was jetzt kommt. Er hat ein Versteck gefunden, von dem aus er alles beobachten kann, ohne selbst gesehen zu werden. Mal für Mal bleibt er wie gebannt dort sitzen, fast gegen seinen Willen, und sieht Alexandra dabei zu, wie sie sich auszieht und in einem Vergnügen verliert, das er selbst nicht kennt und das ihm Angst macht.

Anfangs hat er sich insgeheim lustig gemacht über Samuel und seine Schwester, über ihre naiven Liebesbekundungen und ungelenken Bewegungen.

Sie ähneln in nichts den Balgereien zwischen ihm und dem Kleinen. Denn Hans und sein Zwilling sind nicht zu zweit, sondern eins, und finden in der Umklammerung zu ihrer Ursprungsform zurück. Zwischen Alexandra und Samuel wirkt dagegen alles umständlich. Und trotz aller Bemühungen bleiben sie zwei, einander fremd, selbst dann noch, wenn Alexandra leise zu stöhnen beginnt und nach einem animalischen Schrei plötzlich zum Erliegen kommt.

Als Hans zum ersten Mal zufällig eine dieser Szenen beobachtet hat, ist ihm für zwei Tage der Appetit vergangen. Aus Ekel, wie er gedacht hat. Es ist aber etwas anderes, das er noch nicht ganz verstanden hat, etwas zwischen Schmerz und Lust.

Einmal hat er den Kleinen zu seinem Versteck mitgenommen, als ob die bloße Anwesenheit des Zwillings seinen wirren, widersprüchlichen Empfindungen den Stachel nehmen könnte. Gleichzeitig hatte er Angst, den Bruder zu beschämen, seine Gefühle zu verletzen, als ob der Kleine nicht genauso alt wäre wie er. Doch statt zu erschrecken, war der Kleine ehrlich entzückt, was Hans noch hilfloser und verwirrter zurückgelassen hat.

Hans ist fasziniert von diesem Ritus, in dessen Zuge Alexandra sich vor seinen Augen verwandelt, bis sie ihm vollkommen fremd ist, als ob sie überhaupt nicht mehr seine Schwester wäre. Es will ihm nicht gelingen, dieses berührende Bild seiner Schwester mit dem anderen, unterkühlten in Einklang zu bringen, das sie normalerweise zur Schau stellt.

Alexandras nackter Körper verstört Hans zutiefst. Sie strahlt eine Anmut und Reinheit aus, die er vorher nie an ihr bemerkt hat. Er verbindet diesen Anblick mit dem Duft des frischen, noch warmen Brotes, das Corinne manchmal backt, weil Pierre so verrückt danach ist.

Eine ganze Woche hat Hans mit dem Versuch verbracht, Alexandra nahe genug zu kommen, um ihren Geruch einzufangen und ihn mit dem zu vergleichen, den er sich vorstellt, wenn er sie nackt sieht.

Gestern ist es ihm gelungen. Alexandra wollte zum Tennis fahren. Samuel hat in seinem Auto auf sie gewartet. Kurz bevor sie das Haus verlassen hat, hat Alexandra ihren Schläger und die Bälle aus der Garderobe geholt. Die Dose war nicht richtig zu und die Bälle sind über den Boden gerollt. Hans ist herbeigeeilt, um sie aufzuheben. Es war heiß. Alexandra hat sich so dicht neben ihm gebückt, dass Hans ihren Brustansatz sehen konnte und ihm ein Schwall des betörenden Duftes ihrer Haut entgegengeschlagen ist. Hans war wie vom Donner gerührt. Ihre Blicke haben sich getroffen. Alexandra hat die Bälle aus Hans' feuchten Händen genommen und sich wieder aufgerichtet, ebenso verstört. Dann ist sie gegangen.

An jenem Abend hat die Umarmung des Kleinen Hans zum ersten Mal nicht völlig beruhigt, sein Bedürfnis nicht ganz gestillt. Als ob der Kleine ihm absichtlich nicht alles geben, sondern ein kleines bisschen vorenthalten wollte.

Es sei denn, es ist dieses ›Andere‹, was Hans jetzt braucht, und nicht mehr seinesgleichen. Die Vertrautheit mit einer Seele, die ihm vollkommen fremd ist. Das muss nicht Alexandra sein, aber doch ein ebenso unbekanntes, verbotenes Terrain, auf dem er sich wahrscheinlich verlieren wird, statt sich zu finden, aber vielleicht ja auch auf ganz neue Art wiederfindet.

Hans sieht zu, wie Alexandra sanft über Samuels Gesicht streicht und leise zu ihm spricht. Hinter ihrer Mauer aus Eis ist sie ein üppiger Wald. Das hatte sie bis dahin selbst nicht gewusst.

SECHZEHNTES KAPITEL

Hans hat sich mit Ticopin und dem Kleinen in ihrem Zimmer eingeschlossen. Der große Pudel liegt zusammen mit den Zwillingen in Hans' Bett. Hans musste ihn hochheben und hineinlegen, weil er nicht mehr selbst hineinspringen kann. Er hat den Hund gut zugedeckt, mit dem Kopf auf seinem Kissen. Es ist ihre letzte gemeinsame Stunde.

Ticopin ist krank und wird nicht wieder gesund. Es wäre besser gewesen, wenn sie ihn vor zwei Tagen beim Tierarzt hätten einschläfern lassen. Aber Hans war noch nicht bereit dazu und diesmal war es nicht nur Theater.

Als sein Großvater väterlicherseits gestorben war, war Hans zehn Jahre alt gewesen und hatte nicht geweint. Obwohl dieser Großvater in seinem Leben sehr präsent gewesen war. Hans ist klar, dass der Familiengeist, den Pierre, seine drei Brüder und zwei Schwestern besitzen, das Erbe des Großvaters ist. Ihre Art, einfach zusammen zu sein, vereint in Freud und Leid oder auch ohne besonderen Grund, um des reinen Vergnügens willen, um die anderen um sich zu spüren und lachen zu hören.

Von frühester Kindheit an hatte Hans den energischen Großvater und die spontanen Zusammenkünfte von Pierres Familie geliebt, die ganz natürlich mit Corinnes Familie verschmolzen war. Er hatte allerdings nie den direkten Kontakt zu Großvater Fortier gesucht, der ihn so fasziniert hatte. Übrigens auch nicht zu den anderen Erwachsenen aus dem Clan. Er hatte lieber auf Distanz bleiben und sie beobachten, aus der Ferne belauschen, ihren Gesprächen folgen, ihr Verhalten studieren und all das erspüren wollen, was nicht immer offen ausgesprochen wurde, aber der Atmosphäre um sie herum ihre spezielle Tönung verlieh.

Hans war dabei gewesen, als jemand gekommen war, um Pierre die Todesnachricht zu überbringen. Er hatte gedacht, sein Vater würde zusammenbrechen. Aber sehr schnell war eine merkwürdige Dynamik entstanden und alle hatten sich gegenseitig gestützt. Hans hatte bei all dem zugesehen, es aber nicht geschafft, sich wirklich betroffen zu fühlen. Die Cousins und Cousinen hatten geweint. Alexandra und der Kleine auch. Er nicht.

Bei der Beerdigung war Hans von einer solchen Schwermut ergriffen worden, dass er für den Rest des Tages stumm geblieben war. Aber sein Schmerz hatte weniger dem Verlust des Großvaters als dem Gefühl der Isolation gegolten, das ihn überwältigt hatte. Er stand am Rand, ganz alleine, ausgeschlossen von dieser Trauer, die doch eigentlich auch ihn betraf. Und sein Bruder stand auf der anderen Seite, bei den anderen.

Heute ist der Kleine an seiner Seite und alles, was Hans schon seit Tagen empfindet, fühlt sein Zwilling auch.

Obwohl er die Tür zu ihrem Zimmer geschlossen hat, um ein letztes Mal mit Ticopin allein zu sein, weiß Hans, dass auf der anderen Seite Corinne, Pierre und Alexandra warten. Und wenn sie traurig sind, dann nicht nur, weil sie Ticopin ins Herz geschlossen haben, sondern auch, weil sie wissen, in welche Verzweiflung diese Trennung Hans stürzen wird.

Nach einer Weile küsst der Kleine Ticopin auf den Kopf, wie er es gerne tut, und flüstert ihm etwas ins Ohr, das Hans nicht versteht. Dann steht er auf.

Es ist das Signal, vor dem Hans sich gefürchtet hat. Er schmiegt sich an den großen Hund und vergräbt sein Gesicht in dem flauschigen, schwarzen Fell. Am liebsten würde er Ticopin in sich aufsaugen, in den Pudel hineinschlüpfen, in ihm aufgehen, wie in dem Aquarell, das der Kleine ihm heute Morgen geschenkt hat.

Man könnte an eine Schamanenmaske denken, wo Mensch und Tier miteinander verschmelzen. Sowohl Hans als auch Ticopin sind darauf zu sehen, allerdings ohne dass der eine vom anderen zu unterscheiden wäre. Es ist aber keine Überlagerung, sondern etwas anderes, für das es keinen Namen gibt.

Der Kleine öffnet die Zimmertür. Pierre kommt herein und streichelt dem schluchzenden Hans über den Kopf. Der Kleine geht zu seinem Bruder, hilft ihm auf und führt ihn sachte in Richtung Wintergarten.

Pierre überlässt Hans die Entscheidung, was nun passieren soll.

Später wird Ticopin im Schatten der großen Eiche am Fluss begraben.

SIEBZEHNTES KAPITEL

Das Heft, in das Hans schreibt, sieht jenen sehr ähnlich, die Alexandra früher in den Schubladen ihres Sekretärs eingeschlossen hat. Nur, dass der Kleine ihm einen Einband aus samtigem Lammleder dafür gemacht hat, mit Goldverzierungen. Ein wunderschönes Heft, das man stundenlang betrachten könnte, ohne es aufzuschlagen. Viele weitere stehen in den Kirschholzregalen, die Hans für seine kostbaren Hefte und auch für die Bücher gezimmert hat, die ihn geprägt haben.

Der Kleine hat die Zimmertür einen Spaltbreit offen gelassen. Er hat seine Geige ausgepackt und angefangen, *Méditation aus Thaïs* von Massenet zu spielen, Corinnes Lieblingsstück. Er spielt es jedes Mal nur für sie. Wo immer Corinne gerade ist, was immer sie gerade macht: Hans weiß, dass sie alles stehen und liegen lässt, sobald die ersten Töne erklingen, und auf den Treppenstufen Platz nimmt, um dem Spiel zu lauschen. Der Kleine schließt die Augen und geht auf in dem, was durch die Musik von ihr auf ihn und von ihm auf sie überspringt.

Hans kann zwar auch sehr gut Geige spielen, es will ihm aber nicht gelingen, sich der Musik völlig hinzugeben. Als ob er Angst hätte, in den fließenden

Klangwellen zu ertrinken, auf die er keinen Einfluss mehr hat, sobald eine Schwelle überschritten ist. Manchmal spürt er, wie er langsam abdriftet, wie er fortgerissen wird von einer Strömung, die ihn den unergründlichen Tiefen entgegentreibt. Aber plötzlich übermannt ihn die Furcht, in dieser undurchdringlichen Welt zugrunde zu gehen, und hastig taucht er wieder an die Oberfläche. Wenn der Kleine spielt, sinkt Hans mit ihm hinab in den Schlund, allein ist er dazu jedoch nicht in der Lage.

Hans hält sich lieber an die Worte, den Widerstand, den sie ihm entgegensetzen, den obligatorischen Kampf, um ihnen das Unsagbare abzuringen, das ihm solche Angst macht, wenn er zum Herzen der Musik vordringt. Schon als kleines Kind hat er versucht, die Bedeutung der Worte zu sprengen, um ihr Innerstes zum Vorschein zu bringen, die Mandel unter der harten Schale der gewohnten Laute, abgenutzt und scheinbar – aber nur scheinbar – hohl.

In seinen Heften herrscht ein Gewimmel und Gewusel wie in einem Fischteich: Traumfetzen, Kurzgeschichten, oftmals unvollendet, dunkel und bedrohlich, Szenen aus seinem Alltag, komplizierte Anfänge gescheiterter Romane, hier und da aufgeschnappte Phrasen und Wendungen, ganze Seiten aus Büchern, überall verstreut Gedichte und allerlei mehr Lebendiges, das die Worte mitführen wie der Fluss das Hochwasser und das Hans mit seinem Netz einzufangen versucht.

Seit Ticopins Tod wendet sich Hans immer stärker der Poesie zu. Als ob die Geheimsprache der Dichtung ihm helfen würde, in die unheilvolle Sphäre des Verlusts und der Leere vorzudringen, die ihm schon immer im Nacken sitzt.

Anfangs durfte nur der Kleine seine Gedichte lesen, weil Hans sicher war, dass niemand außer ihm in der Lage wäre, die Tragweite seiner Worte zu verstehen, die zu einfach und gleichzeitig zu kompliziert waren und in denen er doch ganz und gar aufging. Aber jetzt hat noch ein anderer Zugang.

Hans ist mit Alexis Santerre in Verbindung geblieben, seinem alten Französischlehrer. Alexis empfiehlt und leiht ihm immer noch regelmäßig Bücher. Ein paar der Bände, die Hans am meisten beeindruckt haben, hat er ihm sogar geschenkt.

Dazu zählen *Sämtliche Dichtungen* von Saint-Denys Garneau. Der Lehrer hatte ihm das Buch zunächst für ein paar Tage ausgeliehen. Doch als Hans es zurückgeben wollte, hatte Alexis gemerkt, dass sein Schützling ganz hingerissen war von dem Gedicht *Begleitung*:

Ich trotte neben einer Wonne
Einer Wonne, sie ist nicht mein
Meiner Wonne, ich kann sie nicht sein

Ich trotte neben meinem wonnigen Ich
Ich höre meine wonnigen Schritte, sie trotten neben mir
Doch ich kann nicht beiseitetreten auf dem Trottoir
Ich kann meine Beine nicht den Schritten aufpfropfen
Und sagen: Seht, das bin ich

Ich begnüge mich also mit der Gesellschaft
Und plane doch heimlich eine Transformation
Durch jede erdenkliche Operation, durch Alchemie,
Durch Bluttransfusion,
Atomaustausch und Gleichgewichtsspiel

Damit mein vertauschtes Ich eines Tages
Getragen wird vom Tanz der wonnigen Schritte
Mit den verklingenden Schritten neben mir
Mit dem Verlust der verlorenen Schritte, die zu meiner
                                   Linken verhallen
Unter den Füßen eines Fremden, der eine
                                   Seitenstraße nimmt

Hans war ständig darauf zurückgekommen, hatte Fragen gestellt und Vermutungen geäußert. Er war davon überzeugt gewesen, dass Saint-Denys Garneau auch einen Zwilling haben müsste, obwohl keine Biografie darauf hindeutete. Dann hatte Hans wissen wollen, ob Alexis auch ohne Zwilling schon einmal das tiefe Bedürfnis verspürt habe, mit jemand anderem zu verschmelzen. Hatte der Lehrer auch manchmal den Eindruck, ein Teil von ihm, der bessere, befinde sich außerhalb seiner selbst, direkt neben ihm, so nah und doch gänzlich unerreichbar? Empfand auch er manchmal eine solche Abscheu für all das Dunkle in ihm, dass er sich am liebsten selbst an der nächsten Straßenecke aussetzen und seinen Weg ohne sich selbst weitergehen würde?

Hans war aufgeregt gewesen, nervös. Noch nie hatte er seinen verrückten Traum so klar in Worte gefasst: eins zu werden mit dem Kleinen, vollständig aufzugehen in diesem hellen, reinen Wesen. Und nie zuvor hatte er sich selbst den Schmerz darüber eingestanden, dass dies unmöglich war.

Am Ende des Treffens hatte Hans seinem alten Lehrer den Gedichtband hingehalten, der aber nichts davon hatte wissen wollen:

»Behalte das Buch, ich kenne es auswendig und brauche es nicht mehr.«

Hans hatte große Augen gemacht. Also hatte Alexis dem ungläubig Dreinblickenden *Begleitung* vorgetragen.

Nach einer kurzen Pause hatte er hinzugefügt:

»Ich wundere mich, dass du *Porträt* gar nicht erwähnt hast.«

Und dann hatte er auch dieses Gedicht aufgesagt:

> Er ist ein komisches Kind
> Er ist ein Vogel
> Er ist wieder fort
>
> Findet ihn
> Sucht ihn, wenn er da ist
>
> Erschreckt ihn nicht
> Er ist ein Vogel
> Er ist eine Schnecke.
> Er hat nur Augen, um euch zu küssen
> Sonst weiß er nicht, wohin mit dem Blick
>
> Worauf ihn richten
> Er grüßt mit den Augen wie ein Bauer mit
>   seiner Mütze
>
> Er muss zu euch kommen
> Und kaum bleibt er stehen
> Und kaum ist er da
> Ist er schon wieder fort
> Seht also, wie er kommt
> Und liebt ihn auf seiner Reise.

Hans hatte deshalb nicht mit dem Lehrer über das Gedicht sprechen wollen, weil er das Gefühl hatte, er selbst habe die Verse für den Kleinen geschrieben. Was ihn beunruhigt hatte.

Hans hatte gerade gehen wollen, als Alexis bemerkt hatte:

»Deine Gedichte würde ich auch gerne lesen.«

Verblüfft war Hans in der Tür stehen geblieben. Er hatte diesem Mann nie erzählt, dass er schrieb. Seine Hefte nahm er nie mit in die Schule, aus Angst, jemand könnte sie ihm wegnehmen und sich über ihn lustig machen.

Ohne ein Wort war Hans gegangen.

In den kommenden zwei Wochen hatte er Alexis Santerre nicht mehr besucht, wie er es gewöhnlich tat. Er hatte abgewartet, bis der Lehrer das Haus verlassen hatte, um zwei selbstverfasste Gedichte auf seinen Schreibtisch zu legen.

Inzwischen hat Hans keine Angst mehr davor, Alexis seine Verse lesen zu lassen. Er glaubt jetzt, dass diesen Mann, der so anders ist als er, wirklich berühren könnte, was er schreibt.

ACHTZEHNTES KAPITEL

Catherine ist zu spät zum Unterricht gekommen, weil sie Hans nicht begegnen will, bevor die Schule anfängt.

Zuerst hat Hans am Haupteingang auf sie gewartet, den sie normalerweise benutzt. Anschließend ist er zur Garderobe gegangen, um dort nach ihr zu suchen, dann ins *Hasard*, wo ihre Freundinnen behauptet haben, sie heute Morgen noch nicht gesehen zu haben. Schließlich hat er das Klassenzimmer angesteuert und in der letzten Reihe seine Sachen über zwei Tische ausgebreitet. Er hat sich neben der Tür in den Gang gestellt, um sie abzupassen. Vergeblich.

Sie sitzt vor ihm in der zweiten Reihe. Beim Betreten des Klassenzimmers hat sie ihn keines Blickes gewürdigt, obwohl sie gesehen haben muss, wie er ihr mit Händen und Füßen zu verstehen geben wollte, dass er einen Platz für sie besetzt hat. Seit über einer halben Stunde schweift Hans' Blick, ohne es zu wollen, immer wieder zu Catherines Rotschopf zurück und er verspürt ein scharfes Brennen in der Magengegend. Seit ihrem Wechsel auf die Oberschule vor mehr als zwei Monaten sind sie zusammen, doch er befürchtet, dass Catherine gestern Abend beschlossen hat, einen Schlussstrich unter ihre stürmische Liebesgeschichte zu ziehen.

Hans verpasst heute mehrere Stunden, sogar einen Literaturkurs. Er ist mit seinen Gedanken ganz woanders, und für ihn steht so viel auf dem Spiel, dass er glaubt, daran zu Grunde gehen zu müssen.

Um nicht ihrerseits zu Grunde zu gehen, hat Catherine tatsächlich beschlossen, Hans nicht mehr zu treffen. Sie hat endgültig genug von seinen urplötzlichen Stimmungsschwankungen, von brennender Leidenschaft zu Eiseskälte, von zärtlich zu brutal.

Gestern hat er das Fass zum Überlaufen gebracht. Sie sind am Abend in einer Kneipe gewesen, wo sich Catherine gerade mit Max, einem Freund von Hans, unterhalten hat, als dieser angelaufen kam und sie angeblafft hat:

»Wir gehen!«

Catherine wollte den Grund wissen, denn es war noch viel zu früh, um nach Hause zu gehen. Doch statt zu antworten, hat Hans sie am Arm gepackt und zum Ausgang gezerrt. Max ist ihnen nachgelaufen und hat eine Erklärung gefordert. In der Tür hat Hans sich zu ihm umgedreht und ihn angezischt:

»Du Dreckskerl! Ich dachte, du wärst mein Freund!«

Draußen sind Hans und Catherine schnell laut geworden. Sie hat sich geweigert, von ihm nach Hause gefahren zu werden, und hat sich zu Fuß auf den Heimweg gemacht. Fast eine Stunde lang ist er mit heruntergelassener Scheibe, mal fluchend, mal flehend, neben ihr hergefahren. Beim Betreten ihres Elternhauses hat sie das Quietschen der Reifen gehört. Sie hat kein Licht gemacht und aus dem Wohnzimmerfenster nach draußen gesehen. Hans war verschwunden.

Er ist noch lange durch die Stadt geirrt, völlig verzweifelt, hat mehrere Bier getrunken, ehe er gegen zwei Uhr morgens nach Hause gefahren ist.

Kaum hatte er die Türschwelle überschritten, wurde er von einem Schock übermannt, als wenn er nach einem Blackout plötzlich wieder zu sich käme. Instinktiv hatte er in sein altes Zimmer gehen und zu dem Kleinen ins Bett schlüpfen wollen, um den Schmerz in seinem Inneren zu lindern. Doch seit September hatten sie nicht mehr dasselbe Zimmer. Jäh und überstürzt war es dazu gekommen, zwei Wochen nachdem Hans sich in Catherine verliebt hatte.

Mitte August war Alexandra mit Samuel in die Stadt gezogen. Es war die Rede davon gewesen, ihr Zimmer in ein Atelier für den Kleinen umzuwandeln. Eines Abends bei Tisch hatte Hans bekanntgegeben, ohne zuvor den Kleinen oder sonst jemanden um seine Meinung gefragt zu haben, dass er noch heute dort einzuziehen gedenke. Hans' Ankündigung war so unerwartet gekommen und hatte so wenig Raum für Widerspruch gelassen, dass es Corinne und Pierre die Sprache verschlagen hatte. Beide hatten sie den Kleinen angesehen, der aufgehört hatte zu essen. Sein Löffel war zwischen Teller und Mund erstarrt. So hatte er einen Augenblick verharrt. Dann war Hans seinem Blick begegnet, was ihn kurz aus dem Konzept gebracht hatte. Aber er hatte sich schnell wieder gefangen und schulterzuckend bemerkt:

»Was denn?«

Corinne und Pierre hatten versucht, mit Hans zu sprechen, aber es war verlorene Liebesmüh gewesen. Zwei Stunden später war er in Alexandras Zimmer umgesiedelt.

Sobald er zu Hause ist, was immer seltener vorkommt, schließt Hans sich dort ein. Seit zwei Monaten geht er nicht einmal mehr in den Wintergarten. Er hat Alexis Santerre nicht mehr besucht, obwohl er es ihm schuldet, und ganz mit dem Lesen aufgehört, abgesehen von der Schullektüre, wenn überhaupt. Aber er schreibt. Jeden Morgen vor der ersten Stunde bekommt Catherine Post.

Seit sie sich kennen, verbringt Hans mit Catherine viel Zeit in Parks oder Cafés und ist oft bei ihr zu Hause. Aber zu sich hat er sie noch nie eingeladen.

Zuerst hat Catherine keine Fragen gestellt. Es ist ihr ganz normal erschienen, dass sie sich meistens in der Stadt getroffen haben. Als sie aber eines Tages nebeneinander in Catherines Bett lagen, hat sie gesagt, dass sie gern einmal zu ihm nach Hause kommen würde, um zu sehen, wie er lebt. Er habe ihr nie von seiner Familie, seinem Zuhause, seinem Leben dort erzählt, wolle aber gleichzeitig alles über sie wissen. Hans ist aufgesprungen und hat ihr entgegengeschleudert, sie solle sich gefälligst mit dem zufriedengeben, was er ihr gebe, was schon mehr als genug sei. Alles andere gehe sie einen feuchten Dreck an. Er hat sich angezogen und im Gehen die Tür hinter sich zugeknallt.

In der nächsten Stunde hat Catherine von einer Freundin erfahren, dass Hans einen Zwilling hat, den er nie auch nur erwähnt hat. Er hat zwar von seiner großen Schwester Alexandra und seinem kleinen Bruder Benoît erzählt, aber nicht, dass es sich um einen Zwilling handelt, und schon gar nicht, dass er irgendwie besonders, anders, wahrscheinlich ein bisschen zurückgeblieben ist. Da war für Catherine alles klar. Wahrscheinlich schämte Hans sich für seinen Zwilling und hatte ihr deshalb nichts von ihm erzählt und nicht gewollt, dass sie ihn zu Hause besuchte.

Als sie sich das nächste Mal gesehen haben, hat Catherine versucht, mit ihm zu sprechen, und gesagt, dass sie seine Reaktion jetzt besser verstehe und er sich für das alles doch nicht schämen müsse. Aber sobald sie auf seinen angeblich zurückgebliebenen Zwilling zu sprechen gekommen ist, ist Hans so wütend geworden, dass Catherine Angst bekommen hat, dass er sie schlagen würde. Seitdem war nie mehr die Rede von einem Besuch bei ihm, und jede Anspielung auf Hans' Zwilling ist tabu.

Als er gestern Abend nach Hause gekommen ist, hätte Hans sich am liebsten wie früher dem Kleinen zugesellt, seiner Wärme, seinem inneren Frieden. Und plötzlich ist ihm klar geworden, dass er seinen Zwilling in den letzten beiden Monaten beinahe vergessen hat.

Obwohl die Tür des Kleinen einen Spaltbreit offen stand, ist Hans in sein eigenes Zimmer gegangen und hat die halbe Nacht geweint.

Ob es die befürchtete Trennung von Catherine war, die ihn in solche Verzweiflung stürzte, oder die Erkenntnis, dass er die ganze Zeit über nicht an den Kleinen gedacht hatte, vermochte er nicht genau zu sagen.

NEUNZEHNTES KAPITEL

Kalter Novemberregen trommelt gegen die Panoramascheiben des Wintergartens, in dem Hans die meiste Zeit damit verbringt, nichts zu tun. Oft macht er sich nicht einmal die Mühe, das Feuer am Leben zu erhalten, das Pierre im Kamin für ihn entfacht hat, bevor er zur Arbeit gegangen ist. Hans hat alle Kurse abgebrochen. Er wird wohl im Januar wieder zur Schule gehen, wenn es ihm bis dahin besser geht.

Er hat sich geweigert, einen Psychologen aufzusuchen, aber hin und wieder kommt der Hausarzt vorbei, ein guter Freund der Familie, und spricht mit Corinne und Pierre. Sie machen sich Sorgen, weil sie wissen, dass hinter seiner Verzweiflung viel mehr steckt als die Trennung von Catherine, mehr auch als die Sehnsucht nach ihr.

Letzten Samstag hat Pierre beim Mittagessen vorgeschlagen, Hans in ein Tierheim zu begleiten, damit er sich einen Welpen aussuchen könne. Hans hat erstaunt aufgesehen und beinahe wütend ausgerufen:

»Ich will keinen Hund mehr! Nie mehr!«

Corinne wollte wissen, warum er für den Rest seines Lebens auf einen Hund verzichten wolle, wo er doch Ticopin so geliebt habe.

Hans ist aufgesprungen und hat geschrien, dass er sich nie wieder auf ein Tier, ja nicht einmal auf einen Menschen einlassen wolle, und überhaupt, ein anderer Hund hieße Ticopin verraten. Er hat sich umgedreht und für den Rest des Tages in sein Zimmer eingeschlossen.

Hans schwirrt der Kopf. Immer wieder spielt er die zwei Monate mit Catherine durch und erkennt sich darin kaum wieder. Was er gewesen ist, was er empfunden hat, macht ihm Angst.

Manchmal hat er Catherine sein krankhaftes Verlangen nach ihr so übel genommen, dass er sie dafür bestrafen wollte. Er hat dann erst wieder aufgehört, sie mit seinen Worten zu quälen, wenn sie bittere Tränen geweint hat, um sich dann befriedigt aus dem Staub zu machen. Er hat oft diesen Wunsch verspürt, sie für etwas zu bestrafen, das er nur schwer zu fassen bekommt, das aber eindeutig mit dem Kleinen zu tun hat. Sie schien der Grund dafür zu sein, dass er seinen Zwilling gewissermaßen betrog – und damit sich selbst. Als ob der Preis, den er bezahlen musste, um dieses Mädchen zu lieben und von ihm geliebt zu werden, darin bestand, mit Haut und Haaren zu verschwinden in dieser ungeheuerlichen Liebe, die ihm alles raubte: seine Zeit, seine Vergangenheit, sein Herz und sogar den Kleinen.

Aber eine andere, ebenso starke Kraft hat ihn ganz schnell wieder zurück in Catherines Arme getrieben. Er hat sich eingebildet, dort die Vertrautheit des Zwillingsbandes und zugleich dieses Andere zu finden, das er in der Scheune zwischen Alexandra und Samuel gespürt und das ihn so neidisch gemacht hatte. Aus Angst, es zu verlieren, hat er versucht, ganz in Catherine aufzugehen, bis sie gar keinen Raum mehr zum Atmen, zum Leben hatte.

Hans fühlt sich wund, voller Bitterkeit und Härte.

Eines Nachts hat er geträumt, dass Catherine an ihn gefesselt war. Da standen sie eng umschlungen, vom Hals bis zu den Knöcheln in schweren Ketten. Hans hat kein Unbehagen in dieser Umarmung gefühlt, im Gegenteil. Doch dann hat Catherine angefangen zu schreien und er konnte sie nicht zum Schweigen bringen. Er hatte das Gefühl, verrückt zu werden. Mit aller Kraft hat er versucht sich zu befreien, aber es war unmöglich. Schweißgebadet und um sich schlagend ist Hans aufgewacht.

Anders als die anderen offenbar glauben, fühlt er sich nicht krank, vielmehr hat er das Gefühl, in den letzten beiden Monaten krank gewesen zu sein, da seine ganze Welt ins Wanken geriet, ohne dass er in der Lage gewesen wäre, etwas dagegen zu tun. Anders kann Hans sich nicht erklären, wie er in Alexandras

Zimmer ziehen und den Kleinen einfach alleinlassen konnte, ohne Vorwarnung und ohne jede Erklärung.

Hans schämt sich so sehr, dass er dem Kleinen nicht einmal mehr in die Augen sehen kann. Ihre Geheimnisse hat er zwar gewissenhaft gehütet. Auf diese Weise konnte er Catherine jedoch nichts von sich preisgeben, nicht aus Bosheit oder Selbstschutz, sondern aufgrund einer merkwürdigen Treue zu dem Kleinen, den er andererseits vollkommen im Stich gelassen hat.

Hans hält sich die Hände über die Ohren und schließt die Augen. Noch immer prasselt der Regen auf das Dach und läuft in Strömen die Scheiben hinunter. Es sieht aus, als würde das Wasser den Raum überfluten und Hans darin ertrinken. Je schneller sich das Gedankenkarussell in seinem Kopf dreht, desto mehr fühlt er sich in der Falle. Als ob er nie mehr jemanden lieben könnte, nicht einmal seinen Zwilling, ohne diese zermürbenden Schuldgefühle, die ihn fertigmachen.

Ein Geräusch, kaum vom Regen zu unterscheiden, holt Hans in die Wirklichkeit zurück. Der Kleine hat sich in den Sessel direkt neben seinem gesetzt. Stumm lächelt er Hans an. Er ist gerade nach Hause gekommen und hat weder den gelben Regenmantel noch seine Stiefel ausgezogen. Er ist tropfnass, auf

Polstern und Teppich bilden sich immer mehr Flecken. Ein Lächeln huscht um Hans' Lippen. Die Eigenheit seines Zwillings, alles anders zu machen als der Rest der Welt, erstaunt ihn immer aufs Neue. Seine völlig ungezwungene Art, ohne jede Spur von Albernheit oder Anmaßung.

Dass Hans ihr gemeinsames Zimmer verlassen hat, hat für den Kleinen nichts geändert. Die Fahnenflucht seines Bruders scheint ihn keineswegs gekränkt oder schockiert zu haben. Da ist nur dieser leise Anflug von Sorge, den Corinne und Pierre gleich am ersten Abend der Trennung gespürt haben und den jetzt auch Hans spüren kann. Wie damals, als der Kleine sich auf die Lauer gelegt hat, um von Weitem Hans' Herzschlag zu lauschen.

In dem klaren Blick des Kleinen liegt kein Vorwurf, keine Schärfe, nichts Strafendes, nichts Spöttisches.

Hans weiß im Grunde genau, dass er das Gefühl, in der Falle zu sitzen, selbst zu verantworten hat. Er ist es nämlich, der um sich und die Menschen, die er liebt, Mauern errichtet. Hans hatte schon immer so fürchterliche Angst vor dem Alleinsein.

Mit einem Mal sagt der Kleine:

»Weißt du was, Hans, wegen Ticopin … Es wird noch einen geben.«

Dann steht er auf und geht.

ZWANZIGSTES KAPITEL

Hans betrachtet die schwebenden Staubteilchen in den Lichtkegeln der Scheinwerfer. In der Rolle des Steve, dem Aline gerade beichtet, dass sie kein Falke, sondern nur eine dicke Pute ist, lehnt er in der Mitte der Bühne an der Wand. Steve kann darüber nicht lachen, obwohl er Aline soeben erzählt hat, dass er schon einmal wie ein Vogel geflogen ist. Er hat ihr auch von Frédéric erzählt, seinem kleinen Bruder, dem er zwar nicht das Fliegen beigebracht, den er aber durch sanftes »Gjäggjäggjäg« in den Schlaf gesungen hat. Wie eine Falkenmutter, die ihr verängstigtes Junges beruhigt.

Sobald er wieder zur Schule gegangen ist, hat Hans sich der Theatertruppe angeschlossen. Es fasziniert ihn, in eine Figur zu schlüpfen, ihr seine Stimme, seinen Körper zu schenken und auch im Innersten zu diesem anderen Menschen zu werden. Auch die verkehrte Bühnenwelt, in der das Falsche das Wahre oft besser ausdrückt als die banale Wirklichkeit, bezaubert ihn. Vor allem jedoch eröffnet das Theater ihm viele verschiedene Möglichkeiten des Seins. Und das will er nicht mehr missen.

Als es um die Auswahl der Szenen ging, die am Ende des Schuljahrs aufgeführt werden sollten, hat

Hans sich an Alexis Santerre gewandt. Sie haben sich seit Dezember nur viermal gesehen, aber jede Begegnung war für ihn prägend.

Dieses Stück und diesen Auszug hat Hans natürlich wegen der Vogelmetapher gewählt, und wegen des großen Bruders, der zu allem bereit ist, um seinen ›Kleinen‹ zu retten. Aber auch wegen dem, was in dem Heim zwischen Steve, einem gebrochenen Kind, und einer ehemaligen Nonne entsteht, einer »Pissnelke« mit dem Auftrag, ihm zu helfen. Ihre Verbindung erinnert Hans an das Verhältnis, das sich im Laufe der Jahre zwischen ihm und seinem ehemaligen Lehrer entwickelt hat.

Alexis ist letztes Jahr im September in Pension gegangen. Jetzt schreibt er. Eigentlich hat er schon immer geschrieben, nur hat er nie jemandem davon erzählt, nicht einmal Hans. Vor zwei Monaten hat Alexis ihm das Manuskript eines Romans in die Hand gedrückt, an dem er nach vielen Jahren soeben den letzten Federstrich getan hatte.

Es ist ein verstörender Roman, der zunächst überhaupt nicht dem Bild entsprach, das Hans sich von Alexis gemacht hat. Er trägt den Titel *Das dunkle Doppel* und besteht aus drei Teilen zu je rund hundert Seiten.

Nachdem er den ersten Teil gelesen hatte, war Hans regelrecht enttäuscht. Die Hauptfigur Yanik

Benny ist zu Beginn der Geschichte noch keine dreißig Jahre alt, aber schon ein ehrgeiziger Mann ohne Skrupel, der mit allen Mitteln zum Erfolg kommen will. Ein Auftrag führt ihn nach Hongkong, wo er sich schließlich auch niederlässt. Im Laufe der Zeit baut er sich durch harte Arbeit, Sturheit und Heimtücke in der Technik- und Nachrichtenwelt ein krakenartiges Imperium auf.

Auf klare und drastische Weise wird der kometenhafte Aufstieg dieses Mannes in der gnadenlosen Welt des Wettbewerbs geschildert. Doch mit der Art von Büchern, die Hans gefallen, hat das alles nichts zu tun. Nur die feurige, sprunghafte Liebe zwischen der Hauptfigur und einer Reederstochter hat es zeitweise geschafft, seine Aufmerksamkeit zu wecken. Dass Alexis Santerre, dessen literarische Vorlieben Hans zu kennen glaubte, über Jahre an einem solchen Roman geschrieben hat, hat ihn ratlos zurückgelassen.

Allein aus Respekt vor dem Mann, den er scherzeshalber zuweilen seinen »Meister« nennt, hat Hans das Manuskript weitergelesen.

Der zweite Teil hat einige Überraschungen für ihn bereitgehalten. Ein vollkommen entfesselter Abschnitt, sowohl im Hinblick auf Handlung und Figuren wie auf die Darstellung. Als ob alles aus den Fugen geraten würde, doch ohne dass der Roman nicht mehr stimmig wäre. Die Geschichte beginnt wieder an derselben Stelle wie im ersten Teil, aber die Perspektive ist eine völlig andere. Der erste Teil hält sich chronologisch an die Höhepunkte und ist voll von folgenreichen Ereignissen und überraschenden Wendungen. Im zweiten Teil passiert fast gar nichts mehr und die Geschichte scheint weder einen roten Faden noch irgendeinen Zusammenhang zu haben. Doch statt an Wirkung zu verlieren, wird sie eindrucksvoll gesteigert. Während die Hauptfigur zunächst eindimensional und starr wirkte, entpuppt sie sich hier als völlig zerrissen. Die Tatsachen und Gewissheiten, auf denen ihr Leben fußte, werden erschüttert. Das felsenfeste Imperium, das sie sich aufgebaut hat, gründet auf weichem Lehm. Hinter der Fassade hat nichts Bestand. Das Ganze hat etwas sehr Beunruhigendes, als ob die Figur nicht nur aus ihrer steifen Identität heraustreten, sondern diese regelrecht umkehren würde, um gleichzeitig und kontinuierlich sowohl die Vorder- als auch die Rückseite seiner Selbst zu sein.

Der dritte Teil schien Hans auf den ersten Blick nichts mit den beiden vorigen zu tun zu haben. Zu Anfang hatte er den Eindruck, eine philosophische Abhandlung aus dem Mittelalter vor sich zu haben, der man geschickt eine tiefenpsychologische Theorie aus der ersten Hälfte des zwanzigsten Jahrhunderts einverleibt hatte. Gleichzeitig hatte er den Eindruck von etwas völlig Neuem, als sei es dem Autor gelungen, die menschliche Seele in die Sprache der Mathematik zu übersetzen. Dabei wirkte die Sprache überhaupt nicht geziert oder verschlüsselt. Es war die Wortwahl, die ihn verwirrte, die neue, ungeahnte Sichtweise, wobei das Romanhafte, wie man hätte meinen können, nicht verschwand, sondern vielmehr fast mythische Dimensionen annahm. Hans hat eine ganze Weile gebraucht, um reinzukommen. Aber peu à peu hat er sich an die neue Sicht- und Denkweise gewöhnt, und die Lektüre des dritten Teils wurde für ihn noch aufregender als die des zweiten.

Nachdem er den Roman zu Ende gelesen hatte, war Hans stundenlang wie gelähmt und konnte keinen klaren Gedanken fassen, als müsste sein Verstand erst allmählich etwas aufnehmen, das ihn überstieg.

Obwohl seitdem mehrere Wochen vergangen sind, kommt Hans der Roman, *Das dunkle Doppel*, noch oft in den Sinn, ohne dass ihm so richtig klar ist, warum dieser Text eine so starke Wirkung auf ihn ausübt.

Manchmal träumt er sogar von Yanik Benny.

EINUNDZWANZIGSTES KAPITEL

Der Kleine hat ein großes Gemälde geschaffen und es *Mein Bruder* genannt. Ein Geschenk für Hans, der das Porträt im Wintergarten über dem Kamin aufgehängt hat.

Es ist schwer zu sagen, ob der Kleine ein Selbstbildnis geschaffen hat, damit Hans sagen kann: »Das ist mein Bruder«, oder ob es ein Porträt von Hans sein soll, damit der Kleine sagen kann: »Ich habe meinen Bruder gemalt.« Man weiß nicht, wer »mein Bruder« sagt.

Der klare, freundliche Blick lässt vermuten, dass der Kleine dargestellt ist. Doch seit einiger Zeit beginnt auch aus Hans' Blick dieses helle Licht zu strahlen.

Das leicht arrogante Lächeln verweist dagegen auf Hans. Aber wenn der Kleine sieht, wie Hans noch immer gegen seine Windmühlen kämpft, setzt inzwischen auch er diese spöttische Miene auf.

ZWEIUNDZWANZIGSTES KAPITEL

Der Kleine ist von seinem Stuhl aufgestanden und ahmt für Marie-Lou mit Inbrunst nach, wie Ticopin das Schaf des Nachbarn verfolgt und dessen sporadische Hüpfer imitiert.

Wenn Marie-Lou zu Besuch ist, beginnt der Kleine zu strahlen. Er, der sonst so still ist, wird bei Tisch fast redselig und gibt zahlreiche amüsante Geschichten aus dem Familienleben zum Besten. Es wirkt, als würde er langsam für sie alte Fotoalben durchblättern.

Sobald Hans klar geworden ist, dass er nicht wieder ausrasten würde wie vor drei Jahren bei Catherine, hat er Marie-Lou zuerst dem Kleinen, dann den anderen Familienmitgliedern vorgestellt.

In den Wochen nach ihrer ersten Begegnung hatte Hans zunächst befürchtet, dass dieselbe Hölle mit ihr wieder von vorne beginnen würde. Ein paar Monate lang hatten ihn so starke Selbstzweifel geplagt, dass er seine brennende Begierde für den Vorboten einer neuen krankhaften Abhängigkeit gehalten hatte. Aber mit der Zeit hatte er es geschafft, seine Leidenschaft zu zügeln, die ihn dieses Mal nicht zerstören würde.

Marie-Lou ist ganz anders als Hans. Mit dem stillen Vertrauen, das in ihr wohnt, ähnelt sie vielleicht mehr dem Kleinen. Dabei hat sie schon

Schlimmes durchgemacht, etwa einen Autounfall, mit sechs; wegen der Knochenbrüche, die sie davongetragen hat, unter anderem einen Beckenbruch, war sie über Monate an ein Krankenhausbett gefesselt. Außerdem war da die schwierige Trennung der Eltern, als sie zwölf war, so dass sie für die nächsten sechs Jahre zwischen zwei Wohnungen hin- und hertingeln musste. Dennoch hat Marie-Lou nie in Erwartung dessen gelebt, was sie noch alles verletzen könnte. Sie lässt die Dinge auf sich zukommen, im Gegensatz zu Hans, der eher dazu neigt, stets das Schlimmste zu befürchten.

Mit Marie-Lou ist eine gewisse Leichtigkeit ins Haus eingezogen. Sie verbringt inzwischen fast jedes Wochenende mit der Familie. Corinne und Pierre würden sich sogar wünschen, dass sie dauerhaft einzieht, sofern Hans damit einverstanden ist. Sie wohnt in einem möblierten Zimmer. Ihr Vater ist in eine andere Stadt gezogen und bei ihrer Mutter wollte Marie-Lou nicht mehr leben.

Als Hans letzte Woche mit Pierre die Kisten im Keller entrümpelt hat, ist ihm ein Buch mit einem Märchen in die Hände gefallen, das Corinne den Zwillingen geschenkt hatte, als sie fünf Jahre alt waren. Der Kleine hatte seine Mutter oft gebeten, ihnen am Abend daraus vorzulesen.

In dieser glücklichen Welt werden alle Kinder mit einem Beutel voller Knuddelkerlchen geboren, in den sie hineingreifen können, wenn sie Trost brauchen. Und den anderen können sie so viele Knuddelkerlchen abgeben, wie sie möchten, ohne befürchten zu müssen, dass ihr Vorrat je zur Neige geht. Wer eines erhalten hat, den durchströmt sogleich eine wohlige Wärme. Doch eines Tages macht eine böse Hexe den Menschen weis, dass ihr Beutel immer leerer wird, je mehr Knuddelkerlchen sie herausnehmen, und die Reserven bald aufgebraucht sind. Für lange Zeit knausern die Menschen mit ihren Knuddelkerlchen und verteilen nur noch Stachelkerlchen.

Hans hatte die Geschichte damals so gefallen, weil er sich sicher gewesen war, dass die Knuddelkerlchen zwischen ihm und seinem Zwilling trotz der Prophezeiung der Hexe und deren Folgen unerschöpflich waren.

Hans hat ein bisschen in dem Buch geblättert und es dann auf sein Zimmer mitgenommen. Am Abend hat er den Kleinen gebeten, sich zu setzen, die Augen zu schließen und der Geschichte zu lauschen, die er ihm gleich erzählen würde.

Die Miene des Kleinen hat mit den ersten Sätzen zu leuchten begonnen. Ohne die Augen zu öffnen und als ob er vor seinem inneren Auge die Fortsetzung sehen könnte, hat der Kleine kurz vor dem Ende des Märchens verkündet, dass die schöne Julie aus der Geschichte, die Knuddelkerlchen im Überfluss besitzt und kommt, um in das trostlose Land die Freude zurückzubringen, niemand anderes sei als Marie-Lou.

Hans glaubt, dass der Kleine auf seine eigene, etwas kindliche Art ebenfalls in Marie-Lou verliebt ist. Das stellt aber überhaupt keine Bedrohung für ihn dar.

DREIUNDZWANZIGSTES KAPITEL

Hans hat sich im Bad des Krankenhauszimmers eingeschlossen. Er muss sich übergeben. Der Geruch, den die Wände in dem winzigen Raum absondern, ist ihm vertraut. Bei ihrer Geburt haben die Zwillinge über drei Monate auf der Säuglingsstation gelegen. Auch nach ihrer Entlassung ist die Familie immer wieder ins Krankenhaus zurückgekehrt, weil der Kleine krank war. Und Hans sollte mitkommen, obwohl er gesund war, dazu hatte der Kinderarzt geraten. So habe der Kleine weniger Angst. Kaum lag der Bruder an seiner Seite, entspannte sich der Kleine. Das ging so bis zu ihrem vierten Lebensjahr. Dann wurde beschlossen, dass es besser sei, wenn Hans die Nächte nicht mehr bei seinem Bruder im Krankenhaus verbringe.

Seit zwei Wochen übernachtet Hans in diesem Zimmer. Er weiß, dass er bald wieder nach Hause gehen muss. Allein.

Der Kleine ist im Begriff, still und leise zu gehen, genauso, wie er gekommen ist.

Vor fünf Monaten hatte er angefangen, ohne Grund schmaler zu werden, obwohl er so munter wirkte wie nie. Corinne hatte sich Sorgen gemacht.

Die Tests hatten ergeben, dass sein Blut von weißen Blutzellen geradezu überschwemmt war und keine Medikamente und keine Chemotherapie ihn mehr retten konnten. Laut der Prognose würde die Krankheit rasant fortschreiten und ihn binnen weniger Wochen dahinraffen.

Der Kleine hatte sich dieser Schätzung allerdings widersetzt und sogar einigen klinischen Schwellenwerten die Stirn geboten, jenseits derer es angeblich unmöglich war, weiterzuleben.

Hans hatte die bevorstehende Trennung nämlich nicht akzeptieren können. Und obwohl er sich jetzt übergibt, wie damals, als er von der Erkrankung erfahren hat, ist Hans inzwischen bereit, seinen Bruder gehen zu lassen.

Er weiß, dass der Kleine auf der anderen Seite der Tür auf ihn wartet, um von ihm gehen zu können. Hans versucht Zeit zu schinden – er hat Angst, ihm ist übel, am liebsten würde er das Unausweichliche noch einmal um eine Stunde hinauszögern. Doch dann steht er auf. Er spritzt sich Wasser ins Gesicht, wirft einen Blick in den Spiegel und verlässt das Badezimmer.

Als er erfahren hat, dass er schwer krank ist und diesmal nicht wieder gesund wird, war der Kleine nicht im Geringsten überrascht oder gar beunruhigt. Es war die Reaktion der anderen, die ihm Sorge bereitet hat. Im Grunde ist er es gewesen, der sie dazu gebracht hat, ihn allmählich loszulassen.

Solange er noch zu Hause war, hat er sie immer wieder darum gebeten, nichts an ihren Gewohnheiten zu ändern. Er wollte auch nicht, dass sie sich übermäßig um ihn kümmerten und ihn damit kostbarer Augenblicke beraubten.

So konnte er also viele Stunden allein in seinem Atelier verbringen, um noch ein bisschen zu malen, Geige zu spielen oder Musik zu hören. Am Ende ist er einfach nur noch dagelegen und hat die langsame Wanderung des Sonnenlichts über die Dinge verfolgt.

Kurz vor der Diagnose hat der Kleine mit einem Bild begonnen, das er zunächst geheimgehalten hat, wie schon ein paar andere zuvor. Es war sein letztes Bild. Er wollte es unbedingt vollenden, bevor seine Kräfte ihn ganz verließen.

Es ist ein sehr lebendiges, farbenfrohes Gemälde. Der Titel lautet *Marie-Lou, Hans und der Kleine*. Seltsamerweise ist nur ein Zwilling darauf zu sehen, der nach seiner Kleidung und Größe zu urteilen offenbar Hans ist. Marie-Lou sieht aus, als wäre sie hochschwanger. Wie üblich hat der Kleine keinen Schlüssel zu diesem Rätsel geliefert.

Hans und Marie-Lou haben das Gemälde in ihrem Schlafzimmer aufgehängt.

Eine Woche später konnte Marie-Lou der Versuchung nicht widerstehen, einen Test zu machen, obwohl sie verhütet.

Sie ist nicht schwanger. Was vermutlich besser so ist, da Hans und Marie-Lou erst zwanzig sind und noch studieren. Aber eigentlich hätten sie sich gewünscht, dass der Kleine recht hat.

VIERUNDZWANZIGSTES KAPITEL

Hans fährt aus dem Schlaf hoch. Wieder einmal hat er von dem Kleinen geträumt. Es sind keine Albträume, im Gegenteil. Dennoch schreckt er jedes Mal auf, als ob er unbewusst die Grenze zwischen Traum und Wirklichkeit überschreiten wollte, in der Hoffnung, sein Zwilling sei wirklich da, wenn er aufwacht. Denn in seinen Träumen sitzt der Kleine oft hier in ihrem Schlafzimmer, in den Korbstuhl neben dem Fenster gekuschelt, und betrachtet das schlafende Paar. Manchmal sagt er etwas. Heute Morgen ist er aufgestanden, um Hans zu umarmen und ihm zum Geburtstag zu gratulieren.

Vor nunmehr acht Monaten ist sein Bruder gegangen, aber Hans hat das Gefühl, dass er immer noch da ist. An manchen Morgen erhascht er einen flüchtigen Blick auf den Kleinen in seinem eigenen Spiegelbild. Auch in anderen raren Momenten, die Hans weder voraussahnen noch herbeiführen kann, taucht der Zwilling plötzlich auf.

Marie-Lou dreht sich im Halbschlaf zu ihm um und schmiegt sich in seine Arme.

Diesem Geburtstag blickt Hans seit Wochen mit Bangen entgegen. Vom heutigen Tag an wird er nie wieder genauso alt sein wie sein Zwilling. Im Laufe der Jahre werden sie sich immer weiter voneinander entfernen, bis ihr Spiegelbild nicht mehr dasselbe sein wird. Das ist an sich keine große Überraschung, denn obwohl es keinem je wirklich bewusst war, haben sie doch alle tief im Inneren gewusst, und Hans mehr noch als die anderen, dass der Kleine der Zeit entrinnen und niemals alt werden würde.

Sie werden den Tag mit Alexandra verbringen. Es war Hans, der sie darum gebeten hat. Sie kommt nachher mit Samuel zum Frühstück. Die Cousins und Cousinen hat Hans entgegen der Tradition nicht eingeladen.

Nachdem der Kleine seinen letzten Atemzug getan hat, hatte Hans über Stunden das entsetzliche, kreischende Geräusch der Kettensäge im Ohr, die damals, als die Zwillinge sechs Jahre alt gewesen waren, in das lebende Holz der großen Linde eingedrungen war, in die der Blitz gefahren war. Hans hatte das Gefühl, dass diesmal er es sein würde, der mit lautem Getöse umstürzen würde, sobald die Säge ihre Arbeit getan hätte.

Doch statt zusammenzubrechen, hat Hans sich schon bald auf wundersame Weise getragen gefühlt, von allen Seiten, und in seinem Kopf ist es still geworden. Später hat er verstanden, dass er Teil dieser merkwürdigen Dynamik geworden ist, die er als Außenstehender beobachtet hatte, als Großvater Fortier gestorben war.

Dabei ist die Gegenwart der anderen nicht nur für ihn unendlich tröstlich, sondern er weiß jetzt, dass auch seine Gegenwart ihren Schmerz über den großen Verlust ein wenig zu lindern vermag.

Das Zimmer des Kleinen war drei Monate lang so geblieben, wie er es verlassen hatte. Aber je mehr Zeit vergangen war, umso mehr hatte es sich in eine verbotene heilige Stätte verwandelt. Eines Tages hatte Hans gewusst, dass er bereit war, die Sachen seines Zwillings in Angriff zu nehmen, aber er hatte es mit Corinne tun wollen und sie um Hilfe gebeten.

Corinne war einverstanden gewesen. Aber sie war noch nicht wirklich dazu bereit gewesen. Das hatte etwas mit dem Lebkuchenmännchen in seiner Keksdose zu tun. Sie wollte einfach nicht glauben, dass der Kleine wirklich tot war, wie damals, als sie ihn in sich getragen hatte. Sie wollte sein Zimmer unangetastet lassen, weil sie insgeheim an der Hoffnung festhielt, dass er zurückkommen würde, wie er es entgegen aller Erwartungen schon einmal getan hatte.

Kaum hatte sie angefangen, die persönlichen Gegenstände des Kleinen anzufassen, hatte etwas in ihr zugemacht. Sie hatte es nicht geschafft, weiterzumachen.

Statt zur Arbeit zu gehen, war sie vier Tage lang zu Hause geblieben, um wie besessen die Küche zu schrubben und das Haus zu scheuern, ohne jede Regung.

Bis sie eines Morgens allein zu Hause gewesen waren und Hans sich im Zimmer des Kleinen niedergelassen hatte, während Corinne den großen Wintergarten blankgescheuert hatte. Er hatte die *Méditation aus Thaïs* von Massenet für sie gespielt.

Corinne hatte sich auf den Treppenabsatz gesetzt und geweint, wie sie es seit dem Tod des Kleinen nicht mehr gekonnt hatte.

FÜNFUNDZWANZIGSTES KAPITEL

Pierre und Hans meißeln ein großes Fenster in die Küche des Hauses, das Marie-Lou und Hans letzten Mai gekauft haben. Es liegt vier Kilometer von seinem Elternhaus entfernt. Ein altes, etwas baufälliges, aber sehr charmantes Haus auf einem kleinen Grundstück, das schon seit vielen Jahren brachliegt.

Marie-Lou und Hans haben bereits entschieden, welches Zimmer eines Tages ihrem ersten Kind gehören wird. Alexandra und Samuel haben letztes Jahr ein Mädchen bekommen, das sie Maïté genannt haben.

Durch das Loch in der Wand sieht Hans ein Tier aus dem Wald kommen und flink auf das Maisfeld des Nachbarn zusteuern. Von Weitem könnte es ein Wolf sein. Das Tier ändert allmählich die Richtung und bewegt sich auf das Haus zu, aus dem Hans und Pierre reglos sein Herannahen verfolgen. Je näher es kommt, desto langsamer wird es. Etwa hundert Meter von den Männern entfernt bleibt das Tier stehen und kauert sich auf den Boden. Pierre meint, es habe ihren Geruch gewittert. Nach ein paar Minuten steht es wieder auf und trottet gemächlich davon.

Am nächsten Tag ist es Pierre, der das Tier entdeckt. Anders als am Vortag stürmt es nicht voran, sondern trabt geschmeidigen Schrittes und hält unterwegs ab und zu inne. Diesmal lässt es sich in kürzerer Entfernung nieder, aber immer noch mit gehörigem Abstand. Es ist kein Wolf, sondern ein Hund. Mit seinem aschgrauen Fell ähnelt er dem belgischen Schäferhund eines Bruders von Corinne. Pierre und Hans treten vorsichtig aus dem Haus und versuchen sich dem Hund zu nähern, der sich aber sofort in Richtung Wald davonmacht.

Am übernächsten Tag bringen sie dem großen Hund Futter mit und stellen es an genau die Stelle, wo er das letzte Mal gesessen hat. Den ganzen Tag über liegen sie heimlich auf der Lauer. Aber der Hund kommt nicht.

Er taucht erst wieder auf, als Marie-Lou und Hans ihr neues Zuhause beziehen. Das Vergnügen bleibt von kurzer Dauer und den Familienmitgliedern vorbehalten, die ihn noch nicht gesehen haben.

Drei Wochen später kehrt der Hund zurück und schleicht sich an Hans heran, der gerade im Schuppen, dessen große Flügeltüren offenstehen, einen alten Schrank abbeizt.

Seine Aufmerksamkeit wird zunächst von einem leisen, kehligen Laut geweckt, der eine seltsame Ähnlichkeit mit jenem Geräusch hat, das Ticopin früher gemacht hat, wenn er vergnügt war. Hans dreht sich um und zuckt zusammen. Der Hund sitzt wenige Schritte von ihm entfernt und sieht ihn an. Hans wagt weder zu sprechen noch sich zu bewegen, aus Angst, das Tier könnte erneut die Flucht ergreifen. Außerdem ist er ein bisschen auf der Hut. Der imposante Vierbeiner macht eher einen wilden als einen zahmen Eindruck.

Sie verweilen einen Augenblick stumm und reglos und mustern einander. Dann legt der Hund langsam den Kopf nach hinten und beginnt klagend zu winseln, wie damals Ticopin, wenn er von brennender Sehnsucht erfasst wurde.

Nach kurzem Zögern flüstert Hans:

»Komm, mein Junge!«

Der große Schäferhund erhebt sich prompt, läuft schwanzwedelnd auf Hans zu und leckt ihm die Hände.

SECHSUNDZWANZIGSTES KAPITEL

Es ist fast ein Uhr morgens. Hans müsste bald vom Theater zurück sein. Seit ein paar Wochen wird er Abend für Abend zu Alan, der seinen geliebten Pferden die Augen ausgestochen hat.

Marie-Lou liegt im Bett und weint. Corinne hat sie am frühen Abend aus dem Krankenhaus nach Hause gefahren und angeboten, bis zu Hans' Rückkehr zu bleiben, aber Marie-Lou wollte lieber allein auf ihn warten.

Sobald Hans da ist, muss Marie-Lou ihm sagen, dass sie ihr Kind verloren hat. Sie hat nicht versucht, ihn eher zu erreichen, weil die Vorstellung heute sehr wichtig für ihn ist. Ein namhafter Regisseur hat sich angekündigt, um zu entscheiden, ob er die Hauptrolle in dem Stück *Caligula*, das er bald inszenieren will, mit Hans besetzen soll.

Es ist Marie-Lous zweite Fehlgeburt in drei Jahren.

Beim ersten Mal hat der Frauenarzt festgestellt, dass von Marie-Lous Unfall als Sechsjährige Verletzungen zurückgeblieben sind, die damals womöglich nicht erkannt wurden oder von denen man angenommen hatte, dass sie keine Folgen haben würden. Sie kann wahrscheinlich kein Kind austragen. Und je mehr Fehlgeburten, desto geringer die Chance.

Als sie das erfahren haben, sind Hans und Marie-Lou in Tränen ausgebrochen. Aber das Bild des Kleinen, auf dem Marie-Lou hochschwanger ist, hat sie davor bewahrt, die Hoffnung ganz aufzugeben.

Marie-Lou spürt, dass sie sich diesmal an den Gedanken gewöhnen müssen, dass sie keine Kinder bekommen kann. Und nach der Anspannung der letzten drei Monate hat sie Angst vor Hans' Reaktion. Die ganze Zeit über haben sie ja in der Befürchtung dessen gelebt, was heute nun tatsächlich eingetreten ist.

Hans hätte sich gewünscht, dass Marie-Lou mit der Feststellung der Schwangerschaft aufgehört hätte zu unterrichten und ununterbrochen gelegen wäre, wie damals Corinne für den Kleinen und ihn. Und das, obwohl der Arzt ihnen versichert hatte, dass eine Liegekur in Marie-Lous Fall nicht nur unnötig sei, sondern Mutter und Kind sogar schaden könne. Sie müsse aktiv bleiben und ihr Leben ganz normal weiterführen, wobei sie bestimmte, besonders anstrengende Tätigkeiten natürlich vermeiden solle.

Hans und Marie-Lou sind deshalb schon mehrfach aneinandergeraten. Mit dem Hund querfeldein bis zum Wald zu spazieren, mit dem Rad zu Corinne und Pierre zu fahren, einen Armvoll Wäsche aufzuhängen und sogar Liebe zu machen sind in Hans' Augen zu besonders anstrengenden Tätigkeiten geworden.

Um einen Schlussstrich unter die ewigen Diskussionen zu machen, hat Marie-Lou eine Liste der Dinge erstellt, die das Baby angeblich gefährden, und sie in Hans' Anwesenheit dem Frauenarzt vorgelegt.

Hans hat zwar aufgehört, Marie-Lou ständig reinzureden, ist deshalb aber nicht weniger ängstlich geworden. Er hat schon einen kleinen Aufkleber mit der Aufschrift *Baby an Bord* an ihren alten Wagen geklebt. Zwar lacht er zusammen mit den anderen darüber, das ist aber nicht der Grund, warum er ihn aufgeklebt hat. Wenn er eine Glasglocke über Marie-Lou stülpen könnte, würde er es tun.

Marie-Lou streichelt Picotin, der neben ihr am Bett sitzt und nicht mehr von ihrer Seite weicht, seit sie aus dem Krankenhaus zurück ist.

Nach seinem Überraschungsbesuch im Schuppen hat der Hund bei Hans und Marie-Lou eine dauerhafte Bleibe gefunden. Zunächst hatten sie versucht, seinen Besitzer ausfindig zu machen, und waren mit ihm durch die angrenzenden Siedlungen spaziert, aber niemand hatte das Tier je gesehen. Sie hatten eine Anzeige in der Lokalzeitung geschaltet, aber nie einen Anruf erhalten.

All das hatte Hans eigentlich nur Marie-Lou zuliebe getan. Obwohl alles dagegen gesprochen hatte, hatte er selbst immer gewusst, dass es ›sein‹ Hund war. Es war sonnenklar gewesen. Corinne, Pierre und Alexandra hatte er nicht einmal etwas zu sagen brauchen. Auch sie hatten ihn gleich erkannt. Und keiner hatte versucht, das Wunder zu verstehen oder eine Erklärung dafür zu finden. Längst hatte der Kleine sie an das Unglaubliche gewöhnt. Aber Marie-Lou hatte Ticopin nicht gekannt und ihn daher auch nicht erkennen können.

Hans hatte den Hund Picotin getauft, weil der Kleine den großen, schwarzen Pudel manchmal Picotin statt Ticopin genannt hatte. Anfangs hatten sie es auf die verzögerte Sprachentwicklung zurückgeführt, unter der der Kleine noch gelitten hatte, als der Welpe in die Familie gekommen war. Später hatten sie sich einfach daran gewöhnt.

Marie-Lou hatte Picotin sofort ins Herz geschlossen, aber sie hatte nicht geglaubt, dass er Ticopins Reinkarnation war, wie Hans und die anderen behaupteten.

Doch vor drei Monaten hat Picotin etwas getan, nur für sie, das sie zum Nachdenken gebracht hat. Er hat es seitdem nicht wieder getan, weder vor ihr noch vor sonst jemandem.

Marie-Lou kam gerade aus dem Wald, als Picotin ganz entzückend zu hüpfen begonnen hat, wie ein Schaf. Das ging eine ganze Weile so, als hätte Picotin ein neues Spiel erfunden, das ihm besonders gefiel. Im ersten Moment musste sie lachen, ohne eine Verbindung zu Ticopin herzustellen.

Erst als sie abends Hans davon erzählt hat, ist ihr die Szene wieder in den Sinn gekommen, als der Kleine aufgestanden war und für sie nachgeahmt hatte, wie Ticopin dem Schaf des Nachbarn hinterhergejagt und dessen große Hüpfer imitiert hatte.

SIEBENUNDZWANZIGSTES KAPITEL

Wie Marie-Lou befürchtet hat, reagiert Hans heftig auf die Nachricht vom Verlust des Babys, allerdings anders, als sie erwartet hatte. Er wirft ihr nicht vor, zu leichtsinnig gewesen zu sein, er schreit nicht, er tobt nicht. Es ist viel schlimmer. Er verstummt und erstarrt wie zu Eis.

Er hängt das Bild mit dem Titel *Marie-Lou, Hans und der Kleine* ab und bringt es auf den Dachboden. Den Rest der Nacht verbringt er am Boden zerstört auf dem Bett des Gästezimmers.

Marie-Lou wird schnell klar, dass es dabei nicht um sie und ihn geht, sondern um ihn und den Kleinen. Und sie fühlt sich total ausgeschlossen, beinahe wie verlassen.

Auch Hans ist ganz allein, zutiefst verzweifelt. Wie jemand, der plötzlich seinen Glauben verloren hat und dem das Universum mit einem Mal bedeutungslos erscheint.

Im Morgengrauen erwacht er auf wundersame Weise aus seiner Schwermut. Er geht auf den Dachboden, holt das Bild des Kleinen und hängt es zurück ins Schlafzimmer. Dann schlüpft er zu Marie-Lou unter die Bettdecke und sagt:

»Er kann sich nicht geirrt haben.«

ACHTUNDZWANZIGSTES KAPITEL

Vor einigen Monaten haben sie die Formalitäten für eine Adoption eingeleitet. Zunächst hat es ihnen das Herz zerrissen, weil sie damit besiegelten, dass Marie-Lou ihr Baby nicht austragen würde. Doch mit der Zeit haben sie sich das andere Kind, das von woanders kommen würde, in immer bunteren Farben ausgemalt und es immer heftiger herbeigesehnt. Die Prozedur kann sich noch eine Weile hinziehen, aber inzwischen sind sie nicht mehr wie besessen von ihrem Wunsch. Sie wissen jetzt, dass der Augenblick kommen wird, und nur darauf kommt es an.

Gerade ist *Das dunkle Doppel* erschienen. Hans und Marie-Lou sind auf der Buchpremiere. Was hier passiert, überrascht Hans noch mehr als das Manuskript an sich. Auch hier entspricht nichts dem Bild, das er sich von seinem »Meister« gemacht hatte.

Hans hat sich Alexis Santerre immer als Eremiten vorgestellt, als Sonderling, der eine Leidenschaft für Literatur, Musik und Theater hat, ansonsten aber still und einsam vor sich hinlebt. Auf dieser Veranstaltung hat er höchstens ein paar von Alexis' alten Kollegen aus dessen Zeit als Lehrer erwartet. Aber unter der bunten, extravaganten Truppe an der Bar ist kein einziger von ihnen.

Auch Alexis hat sich verändert. Er ist überschwänglicher und wirkt, als sei er mit den Jahren jünger statt älter geworden.

Als Hans eben mit Marie-Lou auf ihn zugegangen ist, war Alexis gerade dabei, lebhaft eine pikante Anekdote aus einer Spelunke zum Besten zu geben, die er vor sechs Monaten auf seiner letzten Londonreise besucht hatte. Und die rein gar nichts mit den Museen, Theaterstücken und Konzerten zu tun hatte, von denen er Hans nach seiner Rückkehr erzählt hatte.

Als er Hans und Marie-Lou gesehen hat, ist Alexis mitten im Satz verstummt, hat sich ihnen zugewandt und mit der ruhigen, ernsten Miene, die Hans von ihm kennt, zu den um sich Gescharten gesagt:

»Ihnen habe ich *Das dunkle Doppel* gewidmet.«

Einen Augenblick ist es still geworden und ein Engel ist durch den Raum gegangen.

In seinem Roman steht tatsächlich: *Für Marie-Lou, Hans und den Kleinen.*

Ein Exemplar hat er letzte Woche Hans überreicht und von Hand unter die Widmung geschrieben:

Er ist ein komisches Kind

Er ist ein Vogel

Er kommt

Er ist da

NEUNUNDZWANZIGSTES KAPITEL

Es ist wunderschönes Wetter, wenn auch etwas frisch. Hans hat seinen Computer und alle seine Wörterbücher mit nach draußen genommen. Dort sitzt er an dem großen, wackligen Tisch, den sie an einem der ersten Sommertage in den Trümmern der uralten Scheune gefunden haben. Das Holz trägt die Spuren der Dutzenden von Kindern, die einst hier gegessen haben müssen.

Hans sieht den Gedichtband durch, den er vor fast einem Jahr geschrieben und anschließend ruhen lassen hat. Nicht weit von ihm sitzt Marie-Lou in einem Liegestuhl und wärmt sich an der Sonne. Das Ende des Schuljahrs ist schwer für sie gewesen. In den letzten zwei Wochen hat sie versucht sich auszuruhen, konnte sich aber nicht wirklich erholen. Erst seit gestern spürt Marie-Lou, wie die Energie in sie zurückfließt.

Was sie so erschöpft hat, war das unbemerkte Kind in ihrem Bauch, das verzweifelt versucht hat, sich ans Leben zu klammern. Dieses Unterfangen ist aber viel zu schwierig gewesen für das kleine Mädchen. Wie die anderen Kinder in Marie-Lous lädierter Gebärmutter ist auch sie durch den harten Kampf von Tag zu Tag schwächer geworden und hat immer deutlicher gespürt, dass sie bald im Dunkel verschwinden würde. Aber gestern, als gerade alles für immer zu erlöschen drohte, ist jemand zu ihr in den Kokon geschlüpft, in dem sie jetzt gedeihen kann, denn gemeinsam wird es ihnen gelingen, sich am Leben festzuhalten.

Vor über zwanzig Jahren hat sich schon einmal etwas Ähnliches in Corinnes Bauch ereignet. Damals allerdings nicht, weil Corinne Verletzungen von einem schlimmen Unfall davongetragen hatte. Das Nest war perfekt, einladend und gemütlich. Aber das Kind, Hans, hatte gezögert.

Es hatte sich vor der Welt da draußen gefürchtet und die schreckliche Einsamkeit nicht ertragen, von der es wusste, dass sie sein Schicksal sein würde. Mehrmals am Tag hatte Hans beschlossen, ins Nichts zurückzukehren, nur um seine Meinung dann wieder zu ändern. Wenn man ihm gesagt hätte, dass er für immer in Corinnes schützendem Bauch bleiben dürfe, hätte er sich ohne Weiteres für das Leben entschieden. Aber die Aussicht, eines Tages in eine Welt geworfen zu werden, die er sich kalt und hart vorstellte, hatte Hans in solche Verzweiflung gestürzt, dass er lieber auf der Stelle hatte sterben wollen. Dieser ständige Kampf hat ihn so erschöpft, dass er schmächtig und kränklich geworden war und das Leben selbst sich von ihm zurückgezogen hatte.

Da war still und leise der Kleine gekommen und hatte sich an Hans geschmiegt, der bereits viel Körperwärme verloren hatte.

Und langsam hatte der Neuankömmling dem sterbenden Kind etwas von seiner Lebenskraft übertragen. Hans hatte sich immer weiter erholt und war stark und kräftig geworden.

Entgegen dem Anschein hatte Hans seinen Bruder nie in Gefahr gebracht, indem er sich ihn zunutze gemacht hatte. Denn die Lebenskraft des Kleinen war unerschöpflich.

EPILOG

Hans und Marie-Lou legen Tapetenrollen in das Zimmer des Kindes, das sie bald von weit her abholen werden. Aus dem Nebenzimmer dringt das Gelächter von Marie-Jeanne und Bénédicte. Sie sind vier Jahre alt. Sie haben die Gesichtszüge von Marie-Lou, aber Hans' grüne Augen.

Es sind vollkommen identische Zwillinge.

Wer sie gut kennt, kann sie allerdings leicht unterscheiden. Begegnet man dem sanften, durchdringenden Blick des einen Zwillings, Bénédicte, wird einem warm ums Herz.

Dieser Blick ist Hans sehr vertraut. Und seiner Familie auch.

GLOSSAR

S. 6 *Saint-Denys Garneau* (1912–43, *Poésies complètes*, 1956), frankokanadischer Dichter und Essayist, auch bekannt für sein Tagebuch und seine Briefwechsel. Die größtenteils unvollendete, von Baudelaire und dem philosophischen Personalismus inspirierte Lyrik rangiert innerhalb der Poesie Québecs ganz oben. Saint-Denys Garneaus Verse sind geprägt von der Spannung zwischen beißender Ironie und dem Bedürfnis, ernste Lebensthemen darzustellen, wie das Gefühl von Unzulänglichkeit oder das menschliche Todesbewusstsein. Sein berühmtes »Accompagnement« (›Begleitung‹) gilt als bildhafter Erfahrungsbericht des Dichters über das eigene metaphysische Abenteuer.

S. 64 *Die Geschichte spielt …:* In Aischylos' Tragödientrilogie *Oresteia* (458 v. Chr.) geht es um die Ermordung des Königs Agamemnon durch seine Frau Klytaimnestra und den Thronräuber Aigisthos sowie die blutige Rache von Agamemnons Sohn Orest an den Mördern seines Vaters. Die Geschichte ist ein seit den Anfängen der griechischen Literatur oft behandeltes Thema, vgl. etwa Sophokles' *Elektra* (um 413 v. Chr.) oder Voltaires *Oreste* (1750). Die anti-idealistische Betrachtungsweise der Antike und die Begründung der Psychoanalyse regten zu einer weiteren Reihe dramatischer Schöpfungen an, bspw. Sartres *Les Mouches* (1934).

S. 65 *Diese Lektüre ist ...:* Gemeint ist Franz Kafkas *Verwandlung (1915).* Kern der Erzählung ist eine surreale Metapher, die Verwandlung des Protagonisten Gregor Samsa in ein riesiges Insekt. Erst dieses Ereignis offenbart, was hinter der Fassade des scheinbar harmonischen Familienlebens steckt – und was Samsa weiterhin verborgen bleibt. So liegt die Besonderheit von Kafkas personalem Erzählen darin, dass die Leserschaft zwar an die Perspektive des Helden gebunden bleibt, jedoch Informationen erhält, die dessen Weltsicht zunehmend infrage stellen. Die Verwandlung analysiert die Machtverhältnisse im familiären Umfeld: Ohne seine Nützlichkeit wird Samsa für seine Angehörigen auch im übertragenen Sinne zum lästigen Ungeziefer. Durch seine Sehnsucht nach Nähe und Wärme erscheint der Verwandelte bis zum Schluss als das menschlichste der Familienmitglieder.

S. 83 *Méditation aus Thaïs:* Das Intermezzo »Méditation religieuse« (1894) aus der Oper *Thaïs* ist die bis heute meistgespielte Komposition von Massenet, dem wichtigsten Repräsentanten der musikalischen Gefühls- und Sehnsuchtskultur des Fin de Siècle. Als Vorlage diente die religionskritische Novelle *Thaïs* (1890) von Anatole France. Der Stoff behandelt Massenets Lieblingsthema, das spannungsreiche Aufeinandertreffen von Eros und Religion: Im Ägypten des 4. Jahrhunderts beschließt ein Mönch, die schöne Kurtisane Thaïs zum Christentum zurückzuführen, und verliebt sich in sie. Die der Violine anvertraute und orchestral begleitete »Méditation« stellt die innere Wandlung der Kurtisane dar.

S. 86 Französisches Original des Gedichts:

Accompagnement

Je marche à côté d'une joie
D'une joie qui n'est pas à moi
D'une joie à moi que je ne puis pas prendre

Je marche à côté de moi en joie
J'entends mon pas en joie qui marche à côté de moi
Mais je ne puis changer de place sur le trottoir
Je ne puis mettre mes pieds dans ces pas-là
et dire voilà c'est moi

Je me contente pour le moment de cette compagnie
Mais je machine en secret des échanges
Par toutes sortes d'opérations, des alchimies,
Par des transfusions de sang
Des déménagements d'atomes
par des jeux d'équilibre

Afin qu'un jour, transposé,
Je sois porté par la danse de ces pas de joie
Avec le bruit décroissant de mon pas à côté de moi
Avec la perte de mon pas perdu
s'étiolant à ma gauche
Sous les pieds d'un étranger
qui prend une rue transversale

S. 88 Französisches Original des Gedichts:

Portrait

C'est un drôle d'enfant
C'est un oiseau
Il n'est plus là

Il s'agit de le trouver
De le chercher quand il est là

Il s'agit de ne pas lui faire peur
C'est un oiseau
C'est un colimaçon.

Il ne regarde que pour vous embrasser
Autrement il ne sait quoi faire
avec ses yeux

Où les poser
Il les tracasse comme un paysan sa casquette

Il lui faut aller vers vous
Et quand il s'arrête
Et s'il arrive
Il n'est plus là

Alors il faut le voir venir
Et l'aimer durant son voyage.

S. 101 *Hans betrachtet die …:* Das unter dem Titel *Der Falke* erstmals 1998 vor deutschsprachigem Publikum aufgeführte Theaterstück *Le Faucon* (1991) von Marie Laberge schildert die langsame Annäherung zwischen dem 17-jährigen Steve, der wegen Mordverdachts im Gefängnis sitzt, seinem leiblichen Vater und der Jugendtherapeutin Aline, einer ehemaligen, dem Kloster entflohenen Nonne. Die Roman- und Bühnenautorin Laberge zählt zu den meistgespielten Dramatikern Québecs. In *Le Faucon* behandelt sie menschliche Themen wie innere Vereinsamung, fehlgeleitete Interaktion, Missbrauch und Gewalt gegen Schwächere.

S. 109 *In dieser glücklichen Welt:* Das Märchen *A Warm Fuzzy Tale* (1970) des französisch-amerikanischen Psychotherapeuten Claude Steiner über den Umgang mit Gefühlen entstand unter dem Einfluss der Transaktionsanalyse. Die in zahlreiche Sprachen übersetzte Geschichte vermittelt die hoffnungsfrohe Botschaft, dass Kinder an respekt- und liebevollen Beziehungen zu ihren Mitmenschen wachsen.

S. 120 Das analytische Drama *Equus* (1973) von Peter Shaffer beschreibt den Fall des 17-jährigen Alan, der sechs Pferden die Augen ausgestochen hat. Sein Psychiater Dysard deckt allmählich auf, dass ein Kindheitstrauma Alans Begeisterung für Pferde zu einer Art Kult mit sexuellen Obertönen entwickelt hat. Er erkennt, dass eine Therapie nicht nur Alans Schmerz, sondern auch seine Leidenschaft auslöschen würde. Im Grunde beneidet er den Jungen um seine ekstatisch-dionysischen Erfahrungen, die in der ›Normalität‹ keinen Raum finden. Unter dem Einfluss der antipsychiatrischen Bewegung kritisiert Shaffer in *Equus* den Vitalitätsverlust der Gesellschaft.

S. 121 *Caligula:* Bereits in seinem ersten Theaterstück über den römischen Kaiser Caligula (1945) greift der Existenzialist Camus ein Thema auf, das ihn auch in seinen späteren Werken begleitet: die Konfrontation des Menschen mit der Absurdität seines Daseins und die vergebliche Auflehnung gegen die Sinnlosigkeit der Welt. Fast alle Figuren sind Ideenträger, die verschiedene Möglichkeiten suchen, um das Leben in der Absurdität zu bestehen. Camus selbst bezeichnete seine Tragödie der Erkenntnis als »die Geschichte des menschlichsten und tragischsten aller Irrtümer«.

ZEITTAFEL

1947 Claudette wird am 22. Juni in Montréal, Kanada, geboren.

1954/55 Nach dreitägiger Krankheit stirbt die Mutter der damals siebenjährigen Claudette. Das Mädchen kommt in ein Kinderheim und schreibt zwei Jahre später erste Geschichten. Eine Folge des frühen Verlusts, so Charbonneau später: Ihr gesamtes Werk ringt mit der Schwierigkeit des Seins.

1974 Ihr erstes Buch erscheint, der Kurzgeschichtenband *Contes pour hydrocéphales adultes* (›Märchen für erwachsene Wasserköpfe‹). Von Anfang an bricht Charbonneau mit der Erzähltradition, um sich zwischen den Genres zu bewegen (Realismus, Phantastik, Magischer Realismus). Ihr frühes Werk, oft als bedrückend empfunden, erzählt wiederkehrend von Wahnsinn und Tod.

1977–2004 Charbonneau unterrichtet Literatur und Kreatives Schreiben am *Cégep Garneau* in Québec (Stadt). Der Begriff *Cégep*, Kurzform für Collège d'enseignement général et professionnel, bezeichnet in der Provinz Québec Bildungseinrichtungen zur Vorbereitung auf die Universität.

1983 Ihre literarischen Werke erscheinen fortan unter dem Namen Aude, der kein klassisches Pseudonym, sondern das »Herzstück«, so Charbonneau, ihres Vornamens darstellt.

1985 Nach ihrem Studium der Frankophonen Literatur (Universität Montréal) und des Kreativen

	Schreibens (Universität Laval) promoviert Aude an der Universität Laval in Québec (Stadt).
1987	Nach der Kurzgeschichtensammlung *Banc de Brume* (›Nebelbank‹) legt Aude eine achtjährige Schreibpause ein und wendet sich dem Gärtnern zu.
1995	Die ältere Schwester Denise stirbt an Krebs. Ihr und dem Bruder Jean-Guy wird Aude *Das Wanderkind* widmen. Später erzählt sie, Denise habe in ihrer Kindheit eine ähnliche Rolle für sie gespielt wie der Kleine für Hans.
1997	Der Kurzgeschichtenband *Cet imperceptible mouvement* (›Die unmerkliche Bewegung‹) wird mit dem *Prix du Gouverneur général* (*Governor General's Award for Fiction*) ausgezeichnet, einem der renommiertesten Literaturpreise Kanadas.
1998	Publikation ihres dritten Romans *Das Wanderkind* im kanadischen Verlag XYZ. Mit *L'enfant migrateur*, so der Originaltitel, rückt Aude von ihrem düsteren Erzählen ab, um sich einer hoffnungsfrohen Weltsicht zuzuwenden. Das in ihrem Gesamtwerk häufig auftretende Thema der Dopplung wird hier auf die Spitze getrieben. *Das Wanderkind* wird in zahlreichen Medien positiv rezensiert.
1999	*Das Wanderkind* steht auf der Shortlist des *Prix Ringuet* der nationalen *Académie des lettres du Québec* und gewinnt den Großen Leserpreis von *Elle Québec*. Im selben Jahr erscheint *L'homme au complet* (›Der ganze Mann‹) über jenen Geschäfts-

	mann in Asien, der als Hauptfigur des fiktiven Romans *Das dunkle Doppel* bereits in *Das Wanderkind* auftaucht.
2005	Aude erkrankt an Leukämie.
2007	Gründung des *Centre Aude d'études sur la nouvelle* (CAEN) in Québec (Stadt). Aude wird Ehrenpräsidentin dieser nach ihr benannten Institution zur Förderung der Gattung Kurzgeschichte.
2012	Aude erliegt am 25. Oktober in Québec (Stadt) den Folgen ihrer Krebserkrankung. Sie hinterlässt keine Kinder. Zu ihren Werken zählen sechs Romane, fünf Kurzgeschichtenbände und mehrere Erzählungen für Kinder.

MODERNE KLASSIKER BEI KRÖNER

Eimar O'Duffy
King Goshawk und die Vögel
Aus dem Englischen von Gabriele Haefs, 276 Seiten

Esel im Klee
Aus dem Englischen von Gabriele Haefs, 352 Seiten

»*eine wilde, sprachgewaltig geschilderte Tour de Force …*
eine treffsichere Satire auf das herrschende System«
(ANNEMARIE STOLTENBERG, *NDR*)

Maírtín Ó Cadhain · **Grabgeflüster**
Aus dem Irischen von Gabriele Haefs, 461 Seiten

»*Ein Meisterstück der literarischen Moderne …*
Ein fulminant eigensinniger Roman« (JAN WILM, *FAZ*)

Maírtín Ó Cadhain · **Der Schlüssel**
Aus dem Irischen von Gabriele Haefs, 104 Seiten

»*… eine grandiose Bürokratiesatire*« (DENIS SCHECK)
»*… eins der lustigsten Bücher, die in letzter Zeit*
erschienen sind« (RALF SOTSCHEK, *taz*)

Maírtín Ó Cadhain · **Die Asche des Tages**

Aus dem Irischen von Gabriele Haefs, 160 Seiten

»… diesen Roman zu lesen ist ein überraschendes Vergnügen« (*buecheratlas.com*)

Alexander L. Kielland · **Jakob**

Aus dem Norwegischen von Gabriele Haefs
236 Seiten

»Einst Skandal, jetzt Sensation
Bitterböse also ist »Jakob«, dieser so elegant geschriebene
Roman. Und alarmierend.«
(Wolfgang Schütz, *Augsburger Allgemeine*)

Tschabua Amiredschibi · **Data Tutaschchia**

Der edle Räuber vom Kaukasus

Aus dem Georgischen von Kristiane Lichtenfeld
696 Seiten

»Georgien … hat auch einen Helden:
Data Tutaschchia« *»Ein wahrhaft kolossales Buch …«*
(*aus-erlesen.de*)